目录

目
录

自序

这是新编的集子，早先以同样的书名由复旦大学出版社印过一个小册子，现在增加这之后写的文章，篇幅扩了一倍还多一点，仍然是一本小书。

那本小册子，有篇自序，抄录如下：

这本研究沈从文的书只收三篇论文和一组诗，写于二〇一一年和二〇一二年。

三篇论文谈三个问题：一是我对沈从文这个人和他的文学、思想、文化实践的基本理解，我希望这个理解能够在更广阔的时空里和二十世纪的历史对话，也和今天的现实对话；二是谈沈从文的杂文物研究，不必讳言我是这个领域的门外汉，所以只

能做门外谈，偏重在沟通他的文学创作和文物研究，贯穿起他生命的内在连续性；三是通过具体的当代作品，讨论沈从文传统在当代文学中的回响，这个回响已经绵延到了二十一世纪的今天。

一组诗是我从沈从文自己散乱的文字中"剪辑"出来的，聚焦于沈从文生命中的某些特殊时刻，这些时刻当然通向对他整个生命的理解。而这种"剪辑"的形式，不用说，也是发现和阐释的形式。

我曾经犹豫是否把以前写的关于沈从文的各类文章也编进这本书，但为了清楚、简明起见，还是决定舍弃了。这些长短不一的文章，已经有十七篇收在《有情》（上海书店出版社，二〇一二年）一书中。二〇〇五年我写作并出版了一本《沈从文精读》（复旦大学出版社），是细读文本、与课堂教学关联的研究专书，我希望眼前这本小书和《沈从文精读》是联在一起的。还有一个愿望是能早一点写出沈从文后半生的传记，完成多年前的计划。

从我写第一篇探讨沈从文的论文到现在，已经过去十六年了。这么长的时间，我没有一门心思只做沈从文研究，却始终是一个日常的沈从文的读者，一个每年有一个学期在课堂上讲沈从文的教师，一

个在沈从文的世界里低回流连、感触生发的人。倘若以为这个世界是个边界清晰的、孤立自限的、个人自足的世界，那就可能错了：深入其中，才会发现这个世界敞开着各个朝向的窗子，隐现着通达四方、也通向自己的道路。有这样的感受和体会陪伴度过平常的日子和长期的生活，那是比做一个专门家更好的事情。

这个小序写于沈从文一百一十年诞辰日，二〇一二年十二月二十八日，过去十年了。

当时为什么要出这么一个小册子？原因自然有一些，但从我自己来说，最重要的是一个隐秘的希望。我早有写沈从文后半生的打算，二〇〇五年动笔，开了个头，却放下了；直到二〇一二年秋天，重新开始。我怕半途而废，就借这个单薄的小册子来做激励，做监督，所以序里特意写了一句："还有一个愿望是能早一点写出沈从文后半生的传记，完成多年前的计划。"白纸黑字，宣告一本还没有的书，这可不是我的性格；但硬是这样说了，就没有退路了，虽然明知不会有几个人注意到这句话；本来它就是说给自己的，对自己有提醒就好。果然它也多多少少起了点作用，转年夏天，这本传记终于完稿。

《沈从文的后半生》之后，我接着写出《沈从文的前半生》；先前的《沈从文精读》，又以《沈从文九讲》的书名印行。我就想，那本小册子，对我别有意义的小册子，也该充实一下，有个新的样子吧。于是，就有了眼前这本新编的《沈从文与二十世纪中国》。

张新颖

二〇二二年十月十日，复旦大学

沈从文与二十世纪中国

——从"关系"中理解"我"、文学、思想和文化实践

很高兴来"批评家讲坛"做这么一个演讲。我想一开始就说明我的意图。大家可能注意到了题目中的"与"这个字，它是一个表示关系的连接词：我想用沈从文的例子，把这个关系突出出来，变成一个问题，进入我们的意识，进而我们能够注意、能够思考、能够讨论这样的问题。一个人和他身处的时代、社会构成什么样的关系，本来应该是有自觉意识的，可是现代以来的中国，也许是时代和社会的力量太强大了，个人与它相比简直太不相称，悬殊之别，要构成有意义的关系，确实困难重重。这样一种长久的困难压抑了建立关系的自觉意识，进而把这个问题掩盖了起来——如果还没有取消的话。不过总会有那么一些个人，以他们的生活和生命，坚持提醒我们这个问题的存在。

这样说听起来多少有点抽象，我还是赶紧进入到这个题目的具体情形中来。

一、有来路，才有自我

沈从文是大家都熟悉的名字，我们学现代文学，总要讲到他这个人和他的作品，可是，我们到底对他熟悉到什么程度？我们熟悉他的什么？沈从文生前，总是有感到不被理解的痛苦，三十年代创作高峰时期美誉加身的时候，他就有这种强烈的感受，更不要说后来遭遇挫折和磨难的漫长的人生路途当中了。一九六一年，沈从文在一篇没有完稿的文章的开头，写下了这样两句话："照我思索，能理解'我'。/照我思索，可认识'人'。"[1] 沈从文身后，这两句话分四行，刻在一块大石头上，立在凤凰沈从文墓地。这话里当然有不被理解的郁闷，更表达了渴望理解的心情，而且，给出了理解的途径和方法。

那么，"照我思索"的"我"是怎么回事？显然这是一个关键。"我是谁？我从哪里来？我往哪里去？"这一连串伴随

---

1 沈从文：《抽象的抒情》，《沈从文全集》第 16 卷，527 页，北岳文艺出版社，2002 年。

2

着人的自我意识而生的古老追问，到现在似乎已经变成了陈腔滥调。对于每一个个体来说，这样的问题如果脱离具体的生命情境来抽象地讨论，都可能是茫然无效的。

在二十世纪中国，有一种典型的——因为普遍而显得典型——关于自我的叙述，就是在生命经验的过程中，猝然遭遇到某种转折性的震惊时刻，因而"觉醒"。这种"觉醒"是"现代"的"觉醒"，因为造成"觉醒"的力量，直接或间接地来自现代思想和现代理论。它可能是无政府主义思想，也可能是自由、民主、平等的观念，还可能是科学主义、公理论、进化论，当然还有马克思主义，甚至是后来的无产阶级专政下继续革命的理论，等等。"觉醒"的意思是说，以前浑浑噩噩，糊里糊涂，蒙昧混沌不成型，"觉醒"之后恍然大悟，焕然新生。以"觉醒"为界限，以前的"我"不是"真正"的"我"，现在的"我"才是"真正"的"我"；甚至说，以前根本就不知道有"我"，现在才感觉到"我"的存在。这种类型的叙述很多，已经成为一种经典模式，不仅在文学创作里经常读到，在作家的自叙性文字里也屡见不鲜。如果我们把眼光从文学领域扩展开去，很容易就会发现，这不单单是一种文学模式，同时是更为广阔的现代文化和现代社会的一种叙述模式。

当然，这没有什么奇怪。个人的震惊性经验是和古老中

国的"觉醒"共振而生的，社会的现代转型和个人的现代塑形互为因果，互相呼应。从单个人的角度来看，这个现代的"我"似乎主要是由现代思想和现代理论所促生和塑造的，它的根源不在生命本身，而是外来的力量。它的确立是断裂式的，否定了"觉醒"之前的阶段才有了"新我"，因而它是没有自身的历史的。

这种断裂式的"觉醒"没有发生在沈从文身上。他的"我"，不是抛弃"旧我"新生的"新我"，而是以往所有的生命经验一点儿一点儿积累，一点儿一点儿扩大，一点儿一点儿化合而来的，到了一定程度，就可以确立起来。这样确立起来的自我，有根源，有历史。如果我们从这个意义上看《从文自传》，就会发现这本书不仅好玩，有趣，而且或显或隐地包含了理解沈从文这个人和他全部作品的基本信息。

这部自传是一九三二年暑假在青岛大学用三个星期写成的，你可以想象那种一气呵成的状态。这一年沈从文三十岁，已经闯荡文坛十年，取得了不俗的成绩，赢得了一定的声名，但是最好的作品还没有出来。我们不妨提出这样的疑惑：为什么这么早就急着写自传？除去有人约稿等外在因素，他写这部作品的个人的内部冲动是什么？

自传从生长的地方写起，那个小山城如今以风景秀美著称于世，沈从文起笔写的却是它暴政血腥的起点和历史：它

本就是为镇压边苗叛乱而建。从逃学的顽童到部队里的小兵，成长过程中种种平常人难以想象的经历，慢慢地"教育"出一个逐渐成形、不断充实、层层扩展的生命。这种"教育"，来自三个方面：自然、人事和历史文化（沈从文称为"人类智慧的光辉"），天地人文交融浑成，共同滋养出一个结实的生命。"我"是从哪里来的？"我"是怎么来的？生命的来路历历在目。自传写到二十一岁离开湘西闯进北京即戛然而止，自我的形象已经清晰地确立起来了。

不是说沈从文到北京的时候就有了这样明确的自我意识，而是说，在此后经过大约十年的多方摸索之后，至晚到写《从文自传》的时候，沈从文重新确认了这个自我。可以说，正是借助自传的写作，沈从文从过去的经验中重新确认了使自我区别于他人的特别因素，通过对纷繁经验的重新组织和叙述，这个自我的形成和特质就变得显豁和明朗起来。自传的写作，正是沿着自己生命的来路追索自我。自传的完成，就是对这个自我的确认的完成。过往的经验和历程之所以有意义，之所以要叙述和值得叙述，就是因为要靠这个过程才能把自我确立起来。在这里，你可以看到一个基本的不同，断裂式的"觉醒"的"新我"是靠否定自己的历史而确立的，而沈从文的自我是通过肯定自己的历史而确立的。

之所以要确立这样一个自我，对于一个年轻的写作者来

说，是为已经可以触摸到的将来而准备的。此后，最能代表这个自我的作品就呼之欲出了。果然，《边城》和《湘行散记》接踵而来。

《从文自传》是一部文学自传不错，但是今天，回看沈从文的一生，如果仅仅把这本书的意义局限在文学里面，就可能把这本自传看"小"。对于更加漫长的人生来说，自我确立的意义不仅仅是文学上的；这个确立的自我，要去应对各种各样的挫折、苦难和挑战，要去经历多重的困惑、痛苦的毁灭和艰难的重生，而且要在生命的终结处，获得圆满。

二十世纪的中国动荡多变，每一个自我都不断面临着时代潮流波折起伏的考验。某个时期的某些思想和理论所催生和塑造出来的自我，如何应对思想、理论潮流的一变再变？特别是，如何应对时代现实的巨大转折？应对的依据在哪里？种种不断的考验，对沈从文这样的自我也同样严峻，他的本能反应始终是叩问和探究由自己生命的实感经验所形成的自我，从自我的历史中找到当下和将来的存在方式。

不是说沈从文确立了自我，这个自我就固定住了，因为实感经验在时时增加，生命的来路在刻刻延长，新的问题层出不穷，也会激发出对自我的新的询问和新的发现。譬如，一九四六年，针对说他"不懂'现实'"的批评，沈从文写自叙长文《从现实学习》，回顾从事文学以来的种种人事和社

会经验，心路蜿蜒清晰而伸至当前，同时也强烈地暗示出以后的命运。

每到大的关口，沈从文会习惯性地勘探自我的来路，以此帮助辨认出现在的位置，确定将来的走向。《从文自传》写在创作的巅峰状态即将出现的前夕，仿佛是对沈从文最好的作品的召唤；《从现实学习》于纷纷扰扰的争斗中强调个人在时代里切身的痛感，对自己的文学未来及早做出了悲剧性的预言。一九四九年，在至为剧烈的时代转折点上，在个人精神几近崩溃的边缘，沈从文又写了两篇自传——在完全孤立无援的时候，他唯一所能求助的，是那个自我。这两篇自传，一篇叫《一个人的自白》，一篇叫《关于西南漆器及其他》，是一部大的自传中的两章，沈从文计划中这两章之间还有八章。很多人没有读过这两篇自传，作者生前没有发表过，《沈从文全集》根据手稿整理收入，我想，有心的读者通过这个非常时期的特殊写作，一定能够对沈从文其人其作产生更为深切的感受和贴近的理解。

沈从文一生中的自传性文字不只我上面提到的这些，长长短短还有很多。如果把不同时期的自传性文字对照起来读，会看到他这个自我的一脉相承的核心的东西，也会看到在不同的现实情形中、在个人的不同状态下的不同侧面和反应。

二、人，没有装到新文学的框子里面

我在复旦开一门"沈从文精读"课，开了很多年，每次讲的第一个作品，都是《从文自传》，明白了沈从文的自我的来历，明白了这个自我的不同，才有可能明白沈从文的文学。

大家都熟悉新文学开始时期一个掷地有声、影响深远的理论，即"人的文学"的倡导。我们看沈从文的文学，不妨就从人谈起。我要说，沈从文作品里的人，和时代潮流里的新文学里的人，不一样。

新文学是新文化极为重要的部分，它对"人"的重新"发现"，是与现代中国的文化启蒙紧密纠缠在一起的。在相当长一段时间里，新文学担当了文化启蒙的责任，新文学作家自觉为启蒙的角色，在他们的"人的文学"中，先觉者、已经完成启蒙或正在接受启蒙过程中的人、蒙昧的人，似乎处在不同的文化等级序列中。特别是蒙昧的人，占大多数。新文化要改变甚至改造中国社会文化的基本状况，这蒙昧的民众就成为新文学的文化批判、启蒙、救治的对象。

沈从文的湘西人物，农民、士兵、水手、妓女，如果放进这样一个大的文化思路和文学叙事模式里面，大多应该处在被启蒙的位置。但沈从文没有跟从这个模式。他作品的叙

述者，和作品中的人物比较起来，并没有处在优越的位置上，相反，这个叙述者却常常从那些愚夫愚妇身上受到"感动"和"教育"。而沈从文作品的叙述者，常常又是与作者统一的，或者就是同一个人。

当这些人出现在沈从文笔下的时候，他们不是作为愚昧落后中国的代表和象征而无言地承受着"现代性"的批判，他们是以未经"现代"洗礼的面貌，呈现着他们自然自在的生活和人性。沈从文对这些人"有情"，爱他们，尊敬他们，他能从他们身上体会到生命的努力和生存的庄严，体会到对人生的忠实与对命运的承担。

沈从文也不是有意去颠倒启蒙和被启蒙的关系，而是他根本就没有这样的观念。我在前面说那种现代的"觉醒"没有发生在沈从文身上，而"觉醒"是和启蒙连在一起的，沈从文也没有经历过那种醍醐灌顶式的启蒙。《从文自传》最后一节题为《一个转机》，叙述的是在湘西军队的末期，一个印刷工人带来新书新杂志，沈从文读后感到新鲜异样，决定去北京闯荡另一种生活。这无疑是五四新文化的余波在个人身上产生的震动，说成影响是可以的，而且是彼时彼地的强烈影响，但要说成是启蒙，就过头了。那个工人告诉他，"白话文最要紧处是'有思想'，若无思想，不成文章。当时我不明白什么是思想，觉得十分忸怩。若猜想得着十年后我写了些

文章，被一些连看我文章上所说的话语意思也不懂的批评家，胡乱来批评我文章'没有思想'时，我即不懂'思想'是什么意思，当时似乎也就不必怎样惭愧了"。当时放下《花间集》《曹娥碑》，看《新潮》《改造》，"我记下了许多新人物的名字"，"崇拜"他们，而且觉得"稀奇"。"他们为什么知道事情那么多。一动起手来就写了那么多，并且写得那么好。可是我完全想不到我原来知道比他们更多，过一些日子我并且会比他们写得更好。"就是做出去闯荡一个更大的世界的决定，也并非全然出于新书刊的影响，而与从小就形成的性格、与不断渴求新鲜养分来滋育和扩充自我的心灵状态有更加密切的关系："尽管向更远处走去，向一个生疏世界走去，把自己生命押上去，赌一注看看。"[1] 这样也就容易理解，沈从文自己就是个没有被启蒙的人，他怎么会在作品里居高临下地去启蒙家乡的父老子弟。

现代思想、现代理论当然不仅仅是启蒙的话语，其他的理论也一样，如果带着理论的预设去看人、看世界，就把人、把世界框在一个框子里了，同时也把自己框在了框子里。沈从文不是一个把自己用理论武装起来的人，而是一个把根扎在自己的实感经验中的人，并且带着实感经验的历史和累积

1　沈从文：《从文自传》，《沈从文全集》第13卷，361页，362页，364页。

的感情来看人，看世界。沈从文上创作课的时候经常说一句话，经当年的学生汪曾祺转述后，成为常被引用的写作名言："要贴到人物来写。"我感觉不少引用这句话的人其实并不怎么懂得这句话。看起来是说写作方法，其实牵扯更重要的问题：怎么才能"贴到人物"？带着理论的预设是不行的，因为理论预设就产生了距离，贴不上；没有切身的感情，不能从心底里自然而然地生出亲近感亲切感，也贴不上。从根本上说，这不是方法的事，而是心的事，能不能贴到人物，取决于有没有一颗对日常生活和日常生活中的普通人贴近的"有情"的心。

在这里我想给大家看沈从文信里的两段话，这封信是一九三五年写给巴金的。沈从文和巴金是一生的好友，也许正因为是诚恳的朋友，三十年代两人常常争论问题，沈从文才会这么直率地说出他的意见：

> 我以为你太为两件事扰乱到心灵：一件是太偏爱读法国革命史，一件是你太容易受身边一点儿现象耗费感情了。前者增加你的迷信，后者增加你的痛苦。……
>
> ……你不觉得你还可以为人类某一理想的完成，把自己感情弄得和平一点？你看许多人皆觉得"平

庸"，你自己其实就应当平庸一点。人活到世界上，所以称为伟大，他并不是同人类"离开"，实在是同人类"贴近"。你，书本上的人真影响了你，地面上身边的人影响你可太少了！你也许曾经那么打算过，"为人类找寻光明"，但你就不曾注意过中国那么一群人要如何方可以有光明。一堆好书一定增加了你不少的力量，但它们却并不增加你多少对于活在这地面上四万万人欲望与挣扎的了解。[1]

这两位朋友是两个不同类型的作家，沈从文对巴金的批评，未必全有道理，从巴金的立场上完全可以反驳。我想请大家注意的不是对巴金的批评，而是从这个批评里面体会批评者自己看重什么和不看重什么，明白他的亲疏远近：离书本理论远，同实际人生近，与凌空的高蹈疏，和地面上身边的平凡亲。

沈从文的文学过去了这么多年，为什么还有蓬蓬勃勃的生命力？单从他作品里的人物来说，是他没有把这些人物放到框子里，没有用这种或那种理论的彩笔去给他们涂颜色，没有自以为可以给他们定性、定等级，没有把他们变成符号。

1　沈从文：《废邮存底·给某作家》，《沈从文全集》第 17 卷，220 页，223 页。

他们有生气，是生命自身由里而外散发出来的生气。而且，沈从文并不因为自己对这些人物非常熟悉就自负能够"把握"他们，他曾经在给张兆和的信里说：他来写他们，"一定写得很好。但我总还嫌力量不及，因为本来这些人就太大了"[1]。"太大了"，这是一个多么重要的感受——对生活中的人，对生气饱满的存在。有不少作家自以为可以"把握"他笔下的人物，就是因为他没有生命"太大了"的感受，他把他们限制、规范在他自己的理解能力和感受能力之内，当然就"把握"得住了。

三、文学里面有天地，比人的世界大

二十世纪的中国文学，基本上可以说是"人的文学"，我的意思是说，五四以来，文学的世界，基本也就是人的世界，个人、集体、民族、国家，欲望、权力、制度、文化，这之间的纠缠、联结和冲突，无不是人的世界的纠缠、联结和冲突。

这有什么问题？人不是社会关系的总和吗？文学不就是

1　沈从文：《湘行书简·水手们》，《沈从文全集》第 11 卷，129 页。

人学吗？

沈从文的文学世界，却不仅仅是人的世界，而要比人的世界大。简单地说，沈从文的文学里面有天地，人活在天地之间；大部分的现代以来的文学，只有人世，人活在人和人之间，活在社会关系的总和里面。

前面说过，沈从文生命的"教育"，得自于自然、人事和"人类智慧的光辉"三个重要的方面，三项并列，说得比较清楚。但这个说法其实是个从俗的、妥协的说法，从现代人的俗，向现代人对于自然的理解妥协。原本在沈从文那里，自然和人事、历史文化，并没有像在我们今天的理解中那样处于分离的、并立的状态，在他的文学构图中，人事常常就是自然有机的一部分。能说明这个问题的例子很多，举一个比较特殊的，出现在沈从文一生中最心神澄明的经典时刻，那是一九三四年一月十八日，在家乡河流的行船上，沈从文感动异常，彻悟"真的历史是一条河"。这一段文字我以前引用过好几次，建议大家有心的话找来《湘行书简》念一念，看看你会产生什么样的感受。这条河在沈从文的感受里，已经把自然和人类的哀乐，和智慧、文化、历史，都融通为一体了。

天地这个概念，和自然相通，但不是自然；和人事相关，却高于人事。读沈从文的文学，如果感受不到天地，会读不明白。譬如说《边城》这篇传播广泛的作品，里面有些非常

重要的东西，没有这种感受，就漏掉了。

《边城》的故事很简单，但有个问题我们不能忽略：为什么"素朴的良善与单纯的希望终难免产生悲剧"？为什么在人事的安排上，从翠翠父母到翠翠，都那么不能如人意愿？这个问题，老船夫很深地想过。"祖父是一个在自然里活了七十年的人，但在人事上的自然现象，就有了些不能安排处。""这些事从老船夫说来谁也无罪过，只应'天'去负责。翠翠的祖父口中不怨天，心中却不能完全同意这种不幸的安排。"[1]也就是说，"天"有意志、有力量安排人事，干预人间。更重要的是，"天"的意志并不在乎人的意愿。这也就是所谓"天地不仁，以万物为刍狗"。

在众多关于《边城》的评论中，沈从文似乎只首肯过刘西渭（李健吾）的一篇，这篇文章里有这么一段："作者的人物虽说全部良善，本身却含有悲剧的成分。唯其良善，我们才更易于感到悲哀的分量。这种悲哀，不仅仅由于情节的演进，而是自来带在人物的气质里的。自然越是平静，'自然人'越显得悲哀：一个更大的命运影罩住他们的生存。这几乎是自然一个永久的原则：悲哀。"[2]

1　沈从文：《边城》，《沈从文全集》第 8 卷，90 页。

2　李健吾：《〈边城〉——沈从文先生作》，《李健吾批评文集》，56 页，郭宏安编，珠海出版社，1998 年。

这一段话，每一句是一层意思，所有的意思又交织在一起，仔细想起来很复杂。如果人物本身就含有悲剧成分，那么悲剧就不是——或者至少不完全是——在事情的发展变化过程中产生的，也就是说，即使能够改变事情发展变化的过程，也未必就能够避免悲剧；人物自来的气质里就有悲哀，那是因为，自来就有一个笼罩着他们的命运。可是，悲哀为什么会是自然"永久的原则"呢？

我们不妨反过来，用小说为这段评论做个"注释"，来看这样一个简单的情境就够了：作品开篇，描述茶峒地势，凭水依山筑城，河街房子莫不设有吊脚楼，"某一年水若来得特别猛一些，沿河吊脚楼，必有一处两处为大水冲去，大家皆在城上头呆望。受损失的也同样呆望着，对于所受的损失仿佛无话可说，与在自然安排下，眼见其他无可挽救的不幸来时相似。"[1] "无可挽救的不幸"之所以"无可挽救"，是因为它出自高于人事能力的意志，"边城"人对此只能"无话可说""呆望着"。他们"呆望"不幸，也即是对天地不仁的无可奈何的体会、默认和领受，"呆望"的神情，也因为体会、默认和领受而可以说是自身悲剧成分和自来悲哀气质的外现。

自身悲剧成分和自来悲哀气质既然是把天地不仁"内化"

1　沈从文：《边城》，《沈从文全集》第8卷，66页。

为个人命运的结果，那么，天地不仁在这里就不是一种表面的感慨，一种责任的推诿，一种无知无识的愚昧，一种知识和逻辑的推论。这个世界有它的悲哀，这个世界自来就带着悲哀的气质在体会、默认和领受。

但是这还只是一面。这个世界有悲哀不假，可我们读这部作品，还是会强烈地感受到明朗、刚健的力量和生生不息的气象。"天地有大德曰生"，天地化生的力量永无止息。白塔倒了，可是又重新修好了；老祖父死了，翠翠却由此明白了从父母到自己的很多事情，人生自然上了一层；那个"使翠翠在睡梦里为歌声把灵魂轻轻浮起的青年人"还没有回来，"这个人也许永远不回来了，也许'明天'回来！"——你看沈从文写最后一句，用了个感叹号！

在这里我顺便说几句沈从文的景物描写。沈从文也用景物这个词，但这也是从俗和妥协的说法。沈从文作品中的景物，通的是自然，自然又通天地，一层一层往上，所以是无限生机。而我们通常所说的景物，是图像化了的东西，是我们的眼睛或者相机截取了的片段；即使我们能够通过片段的景物联想到自然，那也是近代以来我们所理解的自然，是被我们对象化的东西，我们把人当成主体，把自然当成主体的对象。所以我们虽然欣赏和赞叹沈从文的景物描写之美，欣赏和赞叹沈从文作品中的自然美，却不容易领会他的自然观

中与"天地有大美而不言"相联的天地大美，与"天地有大德曰生"相联的天地大德，当然也就更不容易理解与"天地不仁，以万物为刍狗"相联的天地不仁。天道，地道，人道，人道仅居其间，我们却只承认人道，只在人道中看问题，只从人道看自然，自然也就被割裂和缩小为人的对象了。但其实，天地运行不息，山河浩浩荡荡，沈从文的作品看起来精致纤巧，却蕴藏着一个大的世界的丰富信息，自然在他的作品中，岂只是这样那样的景物描写？

我还想借这个话题说一个词：人性。因为我发现，非常多的人谈论沈从文作品的时候，喜欢用这个词。沈从文自己也用这个词，《习作选集代序》里面说自己创作的几句话经常被引用："我只想造希腊小庙。……这神庙供奉的是'人性'。"[1] 我想提醒的是，沈从文是在一个比人大的世界里说人性的，和我们通常所说的人性论的人性不同，和我们通常在人的世界里说人性不同。他为什么老是要说他对人的理解和城市中人、和读书人的理解不同呢？一个根本的原因是，城市中人、读书人对人的理解，只是在人的世界中理解人，只是在人是社会关系的总和中理解人，而他会觉得，人不应该仅仅局限在社会关系的总和当中。他感受里面的人性，一定

---

1 沈从文：《习作选集代序》，《沈从文全集》第9卷，2页。

包含着与人居其间的天地运行相通的信息。人不能把人束缚在人里面，而与天地气息隔绝。

四、守"常"察"变"，寻"本根"持"白心"

前面提到，沈从文的作品曾经遭受"没有思想"的批评。讲到这里，我想我们已经不可以这么说了。前面讲的，难道不包含重要的思想因素、思想方式和思想感受吗？不过我们也要理解为什么会有那种批评，而且不回避这个问题。这些年我碰到不少喜欢沈从文的朋友，读沈从文的作品觉得很美，辩驳说这就够了，文学为什么一定要有思想呢？可是，我觉得这样说还不行，这等于是把问题取消了。沈从文的作品确实是有思想的，而且，不理解这些思想的话，就没有办法很好地理解沈从文。

什么是思想呢？我们通常把思想当作名词，而在二十世纪中国，和这个名词搭配的动词，特别常用的一个，是"接受"，"接受"什么什么思想。这也就是说，对于一个人来说，思想是外来的，而不是从自身的种种经验和认识里产生的。你接受了，你就有了。思想这个东西，在二十世纪中国显得特别重要，它绝不仅仅是个体的需求，更是集体的需求，社

会的需求，时代的需求，所以你有了还不够，还要看看别人有没有，别人有的是什么，和你有的一样不一样。

沈从文不会把现成的什么东西拿来套到作品里头，所以他的作品经不起有现成思想的眼光打量。就说《边城》吧，它不就是一个世外桃源、一首田园牧歌吗？和现实的社会、和迫切的时代，有多大关系？

我想借助鲁迅来谈这个问题。鲁迅青年时代就痛切地感受到当时的中国是"本根剥丧，神气旁皇"[1]，这是《破恶声论》一开篇就直指的要害，不管是国家、民族，还是个人，没有"本根"了，六神无主，无所适从。那么从哪里找回"本根"呢？我们都知道鲁迅对中国传统做过非常激烈的批判，他认为中国的传统坏了，而且越到后来越坏，传统是个大染缸，经过这个染缸一染，本来是好的东西也变脏污了。现在就是传统一路发展而来，变成如此不堪的局面。那希望在哪里？按照这个思路，希望所在，是没有经过传统污染的东西，青年鲁迅追溯到了"古民白心"。"古民"在这个传统之前，他们的心灵还没有经过染缸的浸泡，染上乱七八糟的颜色，还是素朴纯白的，我们应该从这里找到"本根"，恢复"神气"。鲁迅的这个思想，留给我们的问题和困难是，我们

1 鲁迅：《破恶声论》，《鲁迅全集》第8卷，28页，人民文学出版社，1981年。

在传统的下端，"古民白心"在传统的前端，中间隔着几千年的历史，我们怎么跳过这么长的时间，和"古民白心"对接上？

这个难题中的时间距离，在沈从文那里置换成了空间距离：我们没法回到遥远的古代，但我们可以去现在的偏僻之地，找到"古民白心"。"礼失求诸野"，把"礼"字换掉，思路还是"求诸野"的思路。很早以前我读《边城》，还把它当成一个封闭空间里的故事，与外面的世界没有什么关系；现在再去看，就觉得这样看把这个作品看小了。你看作品是怎么开始的：

> 由四川过湖南去，靠东有一条官路。这官路将近湘西边境到了一个地方名为"茶峒"的小山城时，有一小溪，溪边有座白色小塔，塔下住了一户单独的人家。这人家只一个老人，一个女孩子，一只黄狗。[1]

这个叙述是说有这么一条路，沿着这条路能够找到这么一个地方和这地方的人。有路，就不是封闭的了。沈从文画

1　沈从文：《边城》，《沈从文全集》第8卷，61页，北岳文艺出版社，2002年。

这幅路线图，是假设外面有人来，由外而里的，是给外面的人来找这里用的，是"求诸野"的路。《边城》不是陶渊明的《桃花源记》，桃花源似真似幻，"不足为外人道也"，就是按照做下的标记再去找，"寻向所志，遂迷不复得路"，哪里找得到；沈从文却肯定了边城这样的地方的存在，你看开头这么短的几句话，突出的句式是存在句，重复用了好几个"有"字（还省略了几个）：有路，有小溪，有白塔。也就是说，"求诸野"是可能的，找得到朴野淳厚的生命、刚健善良的心灵。为什么要找？为的是民族的"本根"和"神气"。所以，《边城》以及差不多全部的湘西作品，它们所表达的，并不仅仅是沈从文个人的乡愁，并不仅仅是一个乡下人在城市里过得不如意而用记忆来安慰自己，它们有更大的用心。触着了这个大的用心，我们才能理解《边城》题记的最后为什么会这么说："我的读者应是有理性，而这点理性便基于对中国现社会变动有所关心，认识这个民族的过去伟大处与目前堕落处，各在那里很寂寞的从事于民族复兴大业的人。这作品或者只能给他们一点怀古的幽情，或者只能给他们一次苦笑，或者又将给他们一个噩梦，但同时说不定，也许尚能给他们一种勇气同信心！"[1]

---

1 沈从文：《边城〈题记〉》，《沈从文全集》第8卷，59页。

沈从文和鲁迅对于传统的看法非常不同，"过去伟大处"的"过去"是包含着悠久的传统在内的；"目前堕落处"的"目前"，指的是他所置身其中的现代以来的中国，"本根剥丧，神气旁皇"是"堕落"的原因，也是"堕落"的表现。沈从文喜欢用"常"与"变"的交互作用来描述时代，有"本根"就有"常"，有"常"就不怕"变"，怕就怕没有了"常"，那就只能在不断的"变"中，仓皇失措，"神气旁皇"。《长河》集中处理"常"与"变"的问题，表达了沈从文非常深重的忧思。很遗憾，这部作品没有受到足够的重视。

《长河》写的是现代"来了"之后的种种情形。在二十世纪中国，现代是"时代大力"，而且似乎是"神圣"的"大力"，因为很多人觉得这个是不容置疑的，有所疑惑就往往被视为落后、守旧、固执，甚至是倒退和反动。但问题是，现代到底是什么？现代究竟怎么样？沈从文是个"乡下人"，"乡下人"的一个特点是不相信理论，而相信实际，相信他亲眼所见、亲身所受的东西，也就是"亲证"。现代不是不可以分析，不可以具体化的。举一个很小的例子：辰州府地方要成立一个新式油业公司，用机器榨油，取代原有的几十处手工作坊式的油坊。这两种作业方式之间的冲突，似乎是"现代与传统"、"新与旧"、先进的生产方式和落后的生产方式的

冲突，其实这不过是表面现象而已。在这样的关键地方，沈从文一针见血地指出，这是官与民争利。新式油业公司实行股份制，持有股份的是省里委员，军长，局长。买进桐子他们可以自己定价，卖出桐油也是他们自己定价。资本、权力、利益结合了"新式文明"，巧取豪夺，长驱直入。这分明是野蛮，现代的野蛮。这样的例子不需要多举，今天一个多少有点儿现实经验和感受的中国人，都会有体会。

　　沈从文忧心忡忡的是，在现代的"大力"下，原本素朴的性格灵魂会不会被压扁扭曲，"白心"会不会被浸染上各种各样花里胡哨的颜色，在漫长的历史中所形成的生活的完整性会不会遭到破坏。"变"是无可避免的，但"变"是不是一定要取消"常"，现代是不是一定要把"本根"也消除掉？这个思想不应该被套进传统和现代二元对立的模式里去，沈从文所要维护的不是只属于过去时代的东西，而是现代以及现代以后的将来也应该存在的东西。

　　沈从文和鲁迅两个人看上去很不一样，但是在他们的文学深处，却能够发现某些重要的甚至是根本的一致性。可以说，沈从文正是一个保持和维护着青年鲁迅所揭示的"本根"和"白心"思想的作家，他的文学，也不妨说成是持守"本根"和"白心"的文学。

五、选择、位置：偏之又偏，实得其正

四十年代是沈从文思想上最为痛苦的时期，和现实的冲突越来越厉害，和时代的剧烈变化越来越不合拍，到一九四九年，神经所能承受的压力达到最高点，以致一度精神失常，以自杀求解脱。恢复后改行做文物研究，成就了后半生的事业。

沈从文改行，是时代压力和自主选择共同作用而产生的结果：如果可以分开来说，放弃文学，多是由于政治上的原因；做文物研究，则是自主选择。有人说，沈从文胆小，离开了意识形态关注的领域，躲进了文物里面；也有人说，沈从文聪明，离开了是是非非的漩涡，明哲保身。这恐怕多是不了解沈从文的人，以己度人，得出这样的印象。

前面提到过沈从文一九四九年精神极端紧张的时候写自传，其中一章是《关于西南漆器及其他》，描述和分析美术、特别是工艺美术与自己的深切关系。从少年时代起，这种关系不断深化，由爱好和兴趣，发展到对世界、生命、自我的认识和体会，并且逐渐内化为自我生命的滋养成分，促成自我生命的兴发变化。也就是说，到后来，文物对于沈从文来说，已经不仅仅是"对象"了。沈从文在这个时候梳理出自

己生命的这么一条线索，显然对自己即将做出的选择，已经有了明确的意识。如果你还记得《从文自传》的倒数第二章《学历史的地方》，写他在算军统领官陈渠珍身边作书记，日常事务中有一件是保管整理大量的古书、字画、碑帖、文物，"使我对于全个历史各时代各方面的光辉，得了一个从容机会去认识，去接近"[1]，你一定会惊叹生命的密码早已暗示了未来的信息。不过，沈从文三十岁时候的叙述是兴之所至地触碰了一下这个密码，他自己也并不完全明白其中的含义；一九四九年再来重新发掘这条埋藏的线索，就是非常自觉的了。所以你看，沈从文的文学是从自己生命的来路而产生出来的，沈从文的文物研究也一样，也有这么一条生命的来路和自我的根据。

不仅有自我的根据，而且还要自我在这个领域里安顿、扩展、充实、成就；不是到这里遮风避雨、苟且偷生的，而是要在这里安身立命，创造另一番事业。

但是，在轰轰烈烈的时代潮流中，选择这样一个偏于一隅的角落里的位置，意味着什么？

我讲三个场景，请大家体会。

第一个，是沈从文一九四九年十二月一篇文稿里描述的

1　沈从文：《从文自传·学历史的地方》，《沈从文全集》第13卷，356页。

"家庭剧"：两个初中生的儿子，晚上做爸爸的思想工作——

> "爸爸，我看你老不进步，思想搞不通。国家那么好，还不快快乐乐工作？"
>
> "我工作了好些年，并不十分懒惰。也热爱这个国家，明白个人工作和社会能够发生什么关系。也长远在学习，学的已不少。至于进步不进步，表面可看不出。我学的不同，用处不同。"
>
> ……
>
> "到博物馆弄古董，有什么意思！"
>
> "那也是历史，是文化！……"
>
> ……
>
> 于是我们共同演了一幕《父与子》，孩子们凡事由"信"出发，所理解的国家，自然和我由"思"出发明白的国家大不相同。谈下去，两人都落了泪……[1]

第二个场景，在济南。一九五六年十月十日，沈从文到山东师范学院，门房问他是干什么的，他说："什么也不干。"

---

[1] 沈从文：《政治无所不在》，《沈从文全集》第27卷，40-41页。

门房笑了。他在文物室看了两个钟头。上午散学,千百个学生们拥挤着出门去食堂,他也在中间挤来挤去,没有一个人认识。他觉得这样极有意思;又想,即使"报上名来",也没有人知道他是谁。不知怎么一转念,想到了老朋友巴金:"如果听说是巴金,大致不到半小时,就传遍了全校。"接着又有点负气但到底还是泰然地想道——

> 我想还是在他们中挤来挤去好一些,没有人知道我是干什么的,我自己倒知道。如到人都知道我,我大致就快到不知道自己究竟是干什么的了。[1]

第三个,在上海。一九五七年五月一日,国际劳动节,沈从文从外滩边上的饭店窗口看外白渡桥和黄浦江,画了三幅速写,同时又用文字做了描述。

---

1 沈从文:《致张兆和》(19561010),《沈从文全集》第 20 卷,19 页。

第一幅，"五一节五点半外白渡桥所见"：

江潮在下落，慢慢的。桥上走着红旗队伍。舺舺船还在睡着，和小婴孩睡在摇篮中，听着母亲唱摇篮曲一样，声音越高越安静，因为知道妈妈在身边。

第二幅，"六点钟所见"：

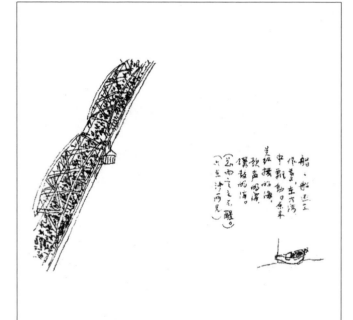

　　艒艒船还在作梦，在大海中飘动。原来是红旗的海，歌声的海，锣鼓的海。（总而言之不醒。）

第三幅：

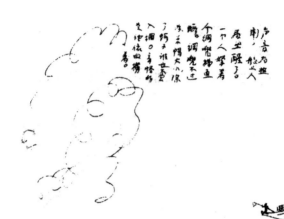

声音太热闹，船上人居然醒了。一个人拿着个网兜捞鱼虾。网兜不过如草帽大小，除了虾子谁也不会入网。奇怪的是他依旧捞着。[1]

1　沈从文：《致张兆和》（19570502），《沈从文全集》第20卷，177－178页。

我们应该意识到这个时间和地点所提示的时代气氛和性质。时代的宏大潮流汇集和裹挟着人群轰轰隆隆而过——外白渡桥上正通过由红旗、歌声和锣鼓混合成的游行队伍——这样的时刻，沈从文的眼睛依然能够偏离开去，发现一个小小的游离自在的生命存在，并且心灵里充满温热的兴味和感情，这不能不说是一个奇迹。翻检那个时代的文学艺术作品加以对照，就会对这样的奇迹更加惊叹。

　　如果不嫌牵强的话，我们可以把沈从文"静观"的过程和发现的情景，当作他个人的生命存在和他所置身的时代之间的关系的一个隐喻。说得更直白一点，我们不妨就把沈从文看作那个小小的艒艒船里的人，"总而言之不醒"，醒来后也并不加入到"一个群"的"动"中去，只是自顾自地捞那小小的虾子。沈从文的"小虾子"，不用说，就是他投注了生命热情的杂文物。

　　我想不必再描述更多的场景了。此后的岁月，六十年代，七十年代，沈从文只能是越来越艰难，境况越来越恶劣，下放到湖北之后连最起码的研究条件都丧失了，还念念不忘他的杂文物，带着一身病，凭着记忆写文章。

　　我们后知后觉，站在今天回望，能够知道一浪高过一浪的时代潮流做了什么，时代潮流之外的沈从文做了什么。而且我们还应该反思，潮流是由多数人造成的，潮流里的人，

经过了那些年代，他们得到了什么，失去了什么。二十世纪以来的多数中国人，争先恐后，生怕落伍，生怕离群。其中的知识分子，本该是比较有理性的，有独立精神的，有自主能力的，但多数只养成了与时俱进的意识和本领。落潮之后，能够看得比较清楚了，多数人又把一切责任推给时代，不去追问自己在时代里选择了什么位置，做了什么事情。

沈从文文物研究的具体情况，今天没有时间细讲，但有一点要指出来，就是他关注的种类繁多的杂文物，大多是民间的、日常的、生活中的工艺器物，不但与庙堂里的东西不同，与文人雅士兴趣集中的东西也很不一样，大多不登大雅之堂。他自己更喜欢把他的研究叫做物质文化史研究，为了强调他的物质文化史所关注的东西与一般文物研究不同，他关注的是千百年来普通人民在日常生活中的劳动、智慧和创造。这个关注点，和他的文学的关注点是一样的，沈从文的文学世界，不正是民间的、普通人的、生活的世界？但是，这不是文物研究的主流，不被认同，甚至被排斥，以至于被认为是"外行"。五十年代历史博物馆布置了一个"内部浪费展览会"，展出的是沈从文买来的"废品"，还让他陪同外省同行参观，用意当然是给他难堪。沈从文一九七八年调到社科院历史所，此前历史博物馆的领导说，沈从文不是主要人才，要走就走。你看，沈从文从事物质文化史研究，不仅他

这个人要承受现实处境的政治压力，他的研究观念还要承受主流"内行"的学术压力。反过来理解，也正可以见出他的物质文化史研究不同于时见的取舍和特别的价值。

做文物研究，已经是偏离时代潮流了；做的又是"算不上文物"的杂文物研究，连文物研究的主流也偏离了。可谓偏之又偏；但是呢，偏之又偏，实得其正。当然，换个角度，不从时代和潮流的立场来看，也许沈从文从来就没有偏过，始之于正，也终得其正。

六、题目下面的题目

自我、文学、思想、走入历史文化深处的选择和实践，这些不同的方面，一个人用他的生命贯通起来了。这个生命有很强的连续性，有迹可循，不会今天这样明天忽然那样；这个生命又很倔强，如同"无从驯服的斑马"。生命方方面面的展开和实践，不可能封闭在生命的内部完成，总是和置身其中的社会、时代发生各种各样的关系。但发生什么样的关系，发生什么样的关系不仅对个体生命更有价值，而且对社会、时代更有意义，却也不只是社会、时代单方面所能决定的，虽然在二十世纪中国，这个方面的力量过于强大，个人

的力量过于弱小。不过，弱小的力量也是力量，而且隔了一段距离去看，你可能会发现，力量之间的对比关系发生了变化，强大的潮流在力量耗尽之后消退了，而弱小的个人从历史中站立起来，走到今天和将来。

沈从文如果活到现在，二〇一二年，就一百一十岁了。今天讲他和二十世纪中国，好像都是讲过去的人事。其实很难说我们已经可以把二十世纪历史化了。我的本意，也不是来讲无关于当下的历史人物和历史知识。这个演讲的题目，召唤着你、我、我们的某些意识和思考，如果有人隐约感受到这个题目下面还有题目，譬如类似于"我们与二十一世纪中国""沈从文与我们"这样的，我会觉得，这个题目讲对了。

二〇一二年九月二十四日讲

沈从文与五四：阶段与变化

沈从文与五四，不能纳入他那一代人与五四关系的大叙述模式中，应该就从他个人来说。

这个关系也不固定，随着时代而发生变化；但不是顺从于时代潮流而变化，因此就常常显得不合时宜。

下面从三个时段，来做尝试性简述。

一、"你们所要的'思想'"

《从文自传》最后一节题为《一个转机》，叙述在湘西军队的末期，一个印刷工人带来新书新杂志，沈从文读后感到新鲜异样，"为时不久，我便被这些大小书本征服了。我对于

新书投了降，不再看《花间集》，不再写《曹娥碑》，却欢喜看《新潮》《改造》了"。五四新文化运动不断扩大渗透的影响，到一九二三年，波及到这个湘西一隅的年轻人，他决定去北京闯荡另一种生活。这在个人身上产生的震动，说成影响是可以的，而且是彼时彼地的强烈影响，但要说成是"启蒙"，恐怕就有些过头了。他说，"我记下了许多新人物的名字"，"崇拜"他们，而且觉得"稀奇"。"他们为什么知道事情那么多。一动起手来就写了那么多，并且写得那么好。"但是紧接着，就来了这么一句：

> 可是我完全想不到我原来知道比他们更多，过
> 一些日子我并且会比他们写得更好。[1]

这个三十岁写自传的人，何以如此"前恭后倨"？

他开始写作，既是为了解决迫在眉睫的实际谋生问题，又是从长远考虑寻找合乎人生理想的出路。在北大旁听，与年轻朋友——五四之后的"新青年"——交往，置身于特别的氛围中，不拘形式的友谊，互相感染的思想、情绪、困惑，跃跃欲试的冲动，汇聚到新文学这个点上，不但增进他对新

1 沈从文：《从文自传》，《沈从文全集》，北岳文艺出版社，2009年，第13卷，第362页。

文学的理解和兴趣，更重要的是激起了他写作的欲望。

按说，他应该很快就变为"新青年"群体中的一分子——他这一代人，如果从事五四所开启的新文学创作，不就是"新青年"吗？可他，偏偏不像——因为不够"新"。

"新青年"之"新"，在于抛弃"旧我"，获得"新生"，其间的关键，是经历现代思想和观念的"启蒙"而"觉醒"，否定"觉醒"之前的阶段而确立"新我"。沈从文身上没有发生断裂式的"觉醒"，他的自我是以往所有生命经验的积累、扩大和化合，有根源，有来路。他逐渐清晰而坚定地相信，他的现在和将来，他的文学，也根植于此。

《从文自传》还说：那个工人告诉他，"白话文最要紧处是'有思想'，若无思想，不成文章。当时我不明白什么是思想，觉得十分忸怩。若猜得着十年后我写了些文章，被一些连看我文章上所说的话语意思也不懂的批评家，胡乱来批评我文章'没有思想'时，我即不懂'思想'是什么意思，当时似乎也就不必怎样惭愧了。"[1]

既不"启蒙"，又不"革命"，不能跟着时代"前进"，不必多说，似乎自然就是"没有思想"——如果"思想"是时代潮流的强势话语所定义和垄断的，是"拿来"放到你面前

---

1 沈从文：《从文自传》，《沈从文全集》，第13卷，第361页。

要你"接受"和"武装"的话。

在"思想"的时代，在潮流定义"思想"的变幻中，"没有思想"当然"落伍"。一九三四年，沈从文发表《〈边城〉题记》：

> 照目前风气说来，文学理论家，批评家，及大多数读者，对于这种作品是极容易引起不愉快的感情的。前者表示"不落伍"，告给人中国不需要这类作品，后者"太担心落伍"，目前也不愿意读这类作品。这自然是真事。"落伍"是什么？一个有点理性的人，也许就永远无法明白，但多数人谁不害怕"落伍"？我有句话想说："我这本书不是为这种多数人而写的。"……这本书的出版，即或并不为领导多数的理论家与批评家所弃，被领导的多数读者又并不完全放弃它，但本书作者，却早已存心把这个"多数"放弃了。[1]

"多数"有"思想"或要求"思想"，"没有思想"就不是那么容易的事了，就需要没有潮流力量支撑的个人的坚持，

---

[1] 沈从文：《〈边城〉题记》，《沈从文全集》，第8卷，第57-58页。

沈从文有的，就是这种个人的坚持："我的读者应是有理性，而这点理性便基于对中国现社会变动有所关心，认识这个民族的过去伟大处与目前堕落处，各在那里很寂寞的从事于民族复兴大业的人。这作品或者只能给他们一点怀古的幽情，或者只能给他们一次苦笑，或者又将给他们一个噩梦，但同时说不定，也许尚能给他们一种勇气同信心！"[1]

过了两年，沈从文又在《习作选集代序》中，总结自己十年来的创作历程，强硬回应一直伴随这一历程的不绝责难："只是可惜你们大多数即不被批评家把眼睛蒙住，另一时却早被理论家把兴味凝固了。你们多知道要作品有'思想'，有'血'，有'泪'；且要求一个作品具体表现这些东西到故事发展上，人物言语上，甚至于一本书的封面上，目录上。你们要的事多容易办！可是我不能给你们这个。我存心放弃你们，在那书的序言上就写得清清楚楚。我的作品没有这样也没有那样。你们所要的'思想'，我本人就完全不懂你说的是什么意义。"[2]

"思想"的社会功能之一，是常常被用来划分和标示群体、派别，没有群体或派别"所要"的"思想"，自然也就在群体或派别之外，在"多数"之外。

1　沈从文：《〈边城〉题记》，《沈从文全集》，第8卷，第59页。
2　沈从文：《习作选集代序》，《沈从文全集》，第9卷，第6页。

沈从文的"前恭后倨",倒不是对五四新文学有多大意见,而是,从他自己的观察和感受出发,他并不认同这个文学运动很快就发生了的转变:在一九二七年前后,先是商业力量的介入,再是政治力量的争夺,文学的"场域"一会儿像逢场作戏的舞台,一会儿又是以笔为枪的阵地,而所谓"思想"云云,有时不过是时代变化的症候,随大势发声而已。

沈从文自有他的思想,只是这是他个人的思想,是从他自己的生命经验与现实摩擦碰撞中产生出来的,是生成之中的,不是凝固的,不是外来的,不是现成的,不是跟随潮流大势。用现成思想、潮流思想的眼光打量他的作品,看不到想看到的东西,对不上号,就以为是"没有思想"了。这样的情形,在匆忙而没有耐心的时代——时代的思想也匆忙而没有耐心——似乎也无足深怪?

沈从文在《作家间需要一种新运动》中感叹:"提起'时代',真是一言难尽。……这名词本来似乎十分空虚,然而却使青年人感到一种'顺我者生逆我者灭'的魔力。这个名词是作家制造出来的,一般作者仍被这个名词所迷惑,所恐吓。"[1]

1　沈从文:《作家间需要一种新运动》,《沈从文全集》,第17卷,第101-102页。

二、不合时宜反复谈五四精神

抗战以后，发生了一个重要的变化：沈从文异于往常，也异于其他多数人，频频谈论五四，每年都写几篇文章，一直持续到一九四八年。问题是，不论救国救亡，还是紧接其后的国共内战，各有当务之急，五四都不再被时代潮流认为是适宜的话题。

沈从文这一系列文章反复强调：五四开启的新文学运动，兴起之初，以大学为中心向社会发散，但在以后的发展变化中，与大学、与教育脱离，先是与商业结缘，接着与政治携手，显出堕落之势；所以需要文学运动的重建，把文运从商场和官场中解放出来，再度与学术和教育结合，这样"一面可防止作品过度商品化与作家纯粹清客家奴化，一面且可防止学校中保守退化腐败现象的扩大"。[1]

前前后后这些文章，从不同的人看来，感受的重点不甚相同。在作者自己，深忧痛感，郁结于心，迫不得已，不吐不快，乃至一说再说；友人或不免担心，如此多管闲事，难保不惹是生非；出于好意而惋惜者也多有人在，以为舍小说

1　沈从文：《新的文学运动与新的文学观》，《沈从文全集》，第 12 卷，第 51 页。

创作而作这种批评，实非必要。左翼文坛反应激烈，一批文化人撰文反驳，误解越深，敌意越重，文章的意思越被简化，乃至标签化。

沈从文并非"纯文学"论者、主张"为艺术而艺术"的人，他回溯五四以来的新文学运动，认定它是"廿年来这个民族向上挣扎的主力"[1]；时至今日，它仍然应该倾心致力于"社会重造"和"民族重造"的长远愿望，努力恢复文学革命初始的庄严、勇敢和天真，以避免沦落为某时某地某种政治或政策的工具，附庸依赖的流行货和装饰品。

这是一个耐人寻味的现象：在抗战的大环境和救亡的迫切形势下，以及在此后民族内部你死我活的激烈战争期间，沈从文偏偏反世违俗，成了一个不合时宜的五四精神反反复复的絮叨者，不仅谈文学时如此，新的现实中所遭遇的种种刺激，都能触发他从五四的立场做出反应：批评陈铨的《论英雄崇拜》，他标举的是五四倡言的民主政治、科学精神和个人自觉，明确反对集权与领袖独裁式的"英雄崇拜"[2]；谈论妇女问题，他觉察到的是，五四所争取的女性解放，在后来的现代教育中，并没有进一步引导和落实到放大女性的生命

---

1 沈从文：《白话文问题——过去当前和未来检视》，《沈从文全集》，第 12 卷，第 54 页。

2 沈从文：《读英雄崇拜》，《沈从文全集》，第 14 卷，第 136 页。

和人格，《烛虚》之一、之二论女子教育，痛心于"类型女子""做人无信心，无目的，无理想，正好像二十年前有人为她们争求解放，已解放了，但事实上她并不知道真正要解放的是什么。""若想起这种青年女子，在另一时社会上还称她们为'摩登女郎'，……会觉得这个社会退化的可怕。"他所置身其中的知识阶层，没有远虑，没有生活理想，"把一部分生命交给花骨头和花纸，实在是件可怕和可羞事情"。——他的观察或有个人化的局限和偏颇；不过由五四检视当今，从文学运动、社会思想到文化生活，在他个人看来，诸多方面的确见出历史过程中的"堕落"和"退化"。一些现象或为平常，而人若熟视无睹，一些个人习惯和嗜好，亦似乎不必小题大做，沈从文却严苛对待，即使亲近的人有时也难以理解他为什么要如此操心焦虑。他有一个基本的出发点，这个出发点位于他观察、感受、评判的中心，即"从全个民族精力使用方式上来说"[1]，以此来衡量眼前的种种人事，他不免陷入苛人而自苦的境地。

而面对"民族自杀"[2] 的悲剧，沈从文更是焦心如焚，他的五四论说，明知必会得罪双方，陷自己于被夹击之地，仍

1 沈从文：《烛虚》，《沈从文全集》，第 12 卷，第 12 页，第 11 页，第 20 页，第 19 页。
2 沈从文：《一种新希望》，《沈从文全集》，第 14 卷，第 278 页。

然忍不住要一再发声。其心也不忍，其声也哀痛：

一九四七年五月，发表《五四》："五四又来了，纪念了快有三十次，这个国家的破产光景却已差不多了。各种火都还正在燃烧，一直烧到许多人的心上。……我们要从战争以外想办法，用爱与合作来代替仇恨，才会有个转机。"[1]

一九四八年五月四日，同时发表两篇短文，《纪念五四》和《五四和五四人》，前一篇重提五四精神的"天真"和"勇敢"，重申文运应与商场、官场分离，同教育、学术联结，"争取应有的真正的自由与合理的民主，希望它明日对国家有个更大的贡献"[2]！后一篇说，五四人"即从事政治，也有所为有所不为，永远不失定向，决不用纵横捭阖权谲诡崇自见。……其次是对事对人的客观性与包涵性，对于政见文论，一面不失个人信守，一面复能承认他人存在。……民主与自由不徒是个名词，还是一个坚定不移作人对事原则"。[3]

三、更为悠久的"有情"历史

此后的岁月，用不着沈从文来谈五四。他自己在时代转

1 沈从文：《五四》，《沈从文全集》，第 14 卷，第 269 - 270 页。
2 沈从文：《纪念五四》，《沈从文全集》，第 14 卷，第 298 页，第 300 页。
3 沈从文：《五四和五四人》，《沈从文全集》，第 14 卷，第 303 页。

折之后陷入更大的困境：他的文学遭遇了新兴文学的挑战，这个挑战，不仅他个人的文学无以应付，就是他个人的文学所属的五四以来的新文学传统也遭遇尴尬，也就是说，他不能依靠五四以来的新文学传统来应对新兴文学；况且，他个人的文学和五四以来的新文学传统的主导潮流，并非亲密无间。但他又不愿意认同新兴文学和新时代对文学的"事功""要求"。这个时候，就需要一种更强大的力量来救助和支撑自己。一直隐伏在他身上的历史意识此时苏醒而活跃起来，帮助他找到了更为悠久的传统。

一九五二年，在四川内江参加土改工作的沈从文，由当前而回想过去，由回忆而串联起个人生命的历史，自是感慨万千；感慨之上，更有宏阔的进境：个人生命的存在，放到更为久远的人类历史的进程中，会是怎样庄严的景象？

万千人在历史中而动，或一时功名赫赫，或身边财富万千，存在的即俨然千载永保……但是，一通过时间，什么也不留下，过去了。另外又或有那么二三人，也随同历史而动，永远是在不可堪忍的艰困寂寞，痛苦挫败生活中，把生命支持下来，不巧而巧，即因此教育，使生命对一切存在，反而特具热情。虽和事事俨然隔着，只能在这种情形下，

将一切身边存在保留在印象中，毫无章次条理，但是一经过种种综合排比，随即反映到文字上，因之有《国风》和《小雅》，有《史记》和《国语》，有建安七子，有李杜，有陶谢……时代过去了，一切英雄豪杰、王侯将相、美人名士，都成尘成土，失去存在意义。另外一些生死两寂寞的人，从文字保留下的东东西西，却成了唯一联接历史沟通人我的工具。因之历史如相连续，为时空所阻隔的情感，千载之下百世之后还如相晤对。[1]

沈从文的思想最终通到了这里：一个伟大的文化创造的历史，一个少数艰困寂寞的人进行文化创造的传统。

他在老式油灯下反复翻看从糖房垃圾堆中捡来的一本《史记》列传，夜不成寐，进入"有情"的历史："有情"从哪里来？"过去我受《史记》影响深，先还是以为从文笔方面，从所叙人物方法方面，有启发，现在才明白主要还是作者本身种种影响多。……事功为可学，有情则难知！……特别重要，还是作者对于人，对于事，对于问题，对于社会，所抱有态度，对于史所具态度，都是既有一个传统史家抱负，

1　沈从文：《19520124　致张兆和》，《沈从文全集》，第 19 卷，第 311 - 312 页。

又有时代作家见解的。这种态度的形成，却本于这个人一生从各方面得来的教育总量有关。换言之，作者生命是有分量的，是成熟的。这分量或成熟，又都是和痛苦忧患相关，不仅仅是积学而来的！年表诸书说是事功，可因掌握材料而完成。列传却需要作者生命中一些特别东西。我们说得粗些，即必由痛苦方能成熟积聚的情——这个情即深入的体会，深至的爱，以及透过事功以上的理解与认识。"[1]

千载之下，会心体认，自己的文学遭遇和人的现实遭遇，放进这个更为悠久的历史和传统之中，可以得到解释，得到安慰，更能获得对于命运的接受和对于自我的确认。简单地说，他把自己放进了悠久历史和传统的连续性之中而从精神上克服时代和现实的困境，并进而暗中认领自己的历史责任和文化使命。

新时代，"时间开始了"，他却进入了"旧时间"的漫漫"长河"。

同时，这也仿佛是自己过去生命中的经验重新连接了起来，譬如：当二十一岁的军中书记从中国古代文物和艺术品中感受人类智慧的光辉时；当三十岁的小说家的自传写到

1　沈从文：《19520125左右　致张兆和、沈龙朱、沈虎雏》，《沈从文全集》，第19卷，第318-319页。

"学历史的地方"[1] 来回忆这段经历时；当一九三四年一月十八日在回乡的河流上彻悟"真的历史却是一条河"，而"从那日夜长流千古不变的水里石头和砂子，腐了的草木，破烂的船板，使我触着平时我们所疏忽了若干年代若干人类的哀乐！"[2] 时……而生命经验的重新连接和贯通，将一直延伸到他未来以研究文物和物质文化史安身立命的后半生岁月中。

二〇一八年四月三日草，五月一日改

1　沈从文：《从文自传》，《沈从文全集》，第 13 卷，第 355 页。
2　沈从文：《湘行书简》，《沈从文全集》，第 11 卷，第 188 页。

死亡的诱惑，求生的挣扎

——沈从文作为"绝笔"的《一点记录——给几个熟人》

一

沈从文自一九四九年一月中旬起陷入"精神失常"的状态，在求生的挣扎和求死的绝望之间，反复无已，内心活动异常剧烈和痛苦，终至三月二十八日自杀。幸运的是及时获救，之后开始缓慢的恢复过程。

从"失常"到自杀这段不长的时间里，沈从文写下了三篇很长的文稿，分别是《一点记录——给几个熟人》、《一个人的自白》和《关于西南漆器及其他——一章自传——一点幻想的发展》。后面两篇是他构想的一部长篇自传的两章，但来不及全部完成，他留下标记说，在这两章之间还有八章。这两篇

长稿编入二○○二年出版的《沈从文全集》第二十七卷。

《沈从文全集》印行之后，遗稿的搜集、整理工作仍然在持续地进行，并且不断有新的发现。其中最重要的，就是沈虎雏从一大堆漫无头绪的旧纸残稿中，找出来完整的《一点记录——给几个熟人》。为纪念沈从文从事文学创作九十周年，沈虎雏与《新文学史料》商定发表这篇遗稿，并嘱我写篇文章，做一些解析。

《一点记录》和《一个人的自白》、《关于西南漆器及其他》都是在清华园金岳霖的屋子里写的，前两篇当时已经完稿，后一篇回家后续写，也在三月初完成。沈从文一月二十八日到清华园，住了七八天，到三月六日写完《关于西南漆器及其他》，这么短的时间里，写出超过三万字的文稿，可见其精神活动的持续性和纷繁激烈的程度。所以要理解《一点记录》，需要把它放在这一特殊时期的精神活动脉络中看，需要和其他两篇文稿联系在一起看。

不可思议的是，在"失常"、纷乱、纠缠不已的精神状态下，沈从文的文章却清晰、冷静、耐心、细致，虽有情绪的发泄，但更有理性的条分缕析，特别是两篇自传，自我分析的深度超出此前同类文字。这是一个"疯人"性格分裂的"不疯"的一面吗？还是只有一个"疯人"才具有的冷静和理性？或者，他根本就没有"失常"，根本就不是"疯人"？

我看了三篇文章的手稿，心里异常震惊：文章用钢笔写在笔记本的纸上，蝇头小字，笔画细而稳，整整齐齐地一行连着一行，一页接着一页。我原以为会是乱糟糟的纸面，以相应于乱糟糟的精神状况，没有想到竟然是这样的清晰、稳定、一丝不苟。

二

比较起来，《一点记录》没有两章自传那么条理分明，它的感受性更强，文字随着情绪的变化和意识的流动而弯曲波折前行；但核心显豁。它记录下的，是写作的即时即地，沈从文在一个绝大的问题下，对自我的重新思考。这个问题是时代的巨大转折压给他的，具体到他身上，就是一提笔便不得不面对的他前半生全力以赴的文学事业的彻底危机："我写什么？还能够写什么？笔已冻住，生命也冻住。一切待解放，待改造。是不是还有希望由复杂到单纯，阴晦到晴明？凡事必重新梳理，才能知道。"

把这样一个根本问题置于篇首，以下叙说，无不与此牵扯呼应。

（"文革"中，"沈从文专案组"在大量文稿中也注意到了

此篇，上引第一段文字下面，画了红线标记，可见他们也抓住了重点。）

《一点记录》全文一万余字，是在金岳霖处住了六天后写的，主要写的是第一天到清华园的情形。这情形从内容上可以分成两部分，一是对现实生活情境的叙述，作者身在其中，见闻感受；但他与眼前的现实情境既连又隔，隔胜过连，心思常常抽离而去，由此及彼，一再回到对于自我的重新梳理和思考上面，这是另一部分内容，即个人的内心情形。这两部分内容不是分开来写的，而是交织着叙述。从叙述的展开过程来看，或许种种具体的现实生活情境，虽然着墨不多，却一次又一次地成为他内心思考的触机，引发他的自我思考过程层层推进。

沈从文精神状况的变化引起老朋友的关注，梁思成、林徽因等邀请他到清华园休养。"我是年夜上午九点出的城，一朋友相送，一个亲戚伴随。"朋友是清华外语系教授罗念生，亲戚是张中和，张兆和的堂弟，清华的学生。当时清华园已经解放，北平城处在包围之中，所以一出城即见到战事对峙中的一些情景。恰巧有一列地雷爆炸，沈从文的内心随即回应起死亡诱惑的声音："我知道这是没有死亡的爆炸。世界上也还有'没有爆炸的死亡'，就派归了'我'罢。"他回顾自

己从少年时代起，每遇困难，即有相似召唤，但四十年来努力挣扎，不肯服输应答："现在却似乎由于一种召唤声音的回复，我想轻轻答应一声。"

沈从文就是这样带着死亡诱惑的声音，走进清华园。一到住处，他的注意力就被这些事物和情形牵住：一、主人窗台上的瓦盆瓦罐，是养蟋蟀的，可这时节小生命都结束了，这仿佛也是一种启示："一切存在都将成为过去，归于尘土。这真是种离奇的启示。"二、还有一张徐志摩的照片，"这个人死去即已十八年"，"身与名俱灭"。这仿佛是再一次的暗示：在此前十天，一月十八日，沈从文在家里无意中翻出了《爱眉小札》，想到当年对自己有极大的帮助的诗人早已成尘成土，他竟然羡慕那样得到休息，在书边写下："历史正在用火与血重写，生者不遑为死者哀，转为得休息羡。人生可悯。"[1] 三、从窗口望出去的田野，一片荒凉，"已不易想象另一时郁郁青青景象"。

但是，倘若只是渴求一死，倒也简单；分明还有另一种力量，另一种渴望。远处的蓬蓬鼓声和汽笛声，"都若象征一个新的时代新的春天的来临"。这个将来的春天，自己也有份吗？不能不挣扎就放弃吧？所以会产生这样的想法："个人得

---

1 沈从文：《题〈爱眉小札〉》，《沈从文全集》，北岳文艺出版社，2002年，第14卷，475页。

挣扎到阳光下，将生命重新交给土地和阳光。凡事从新学习，由一个起码的人作起！即已无机会可望，个体在内外限制下终得毁灭，也应当用短短余生，鼓励下一代好好生存，在新社会里做一个好公民！"

思索至此，似乎得到一个暂时性的结论，这个结论里面似乎有一丝光亮。但其实不是结论，它不是对死亡诱惑的否定，也代替不了以死求解脱的冲动。可是它把这种冲动推延了，推延出来的时间，即是挣扎的时间；或者，用一种更可以接受的说法，把死亡"自然化"，等待它的来临："我明白生命早在秋天中，成熟，透明，等待离枝。由离枝证明了废名的'道'。"成熟的果实"离枝"，虽然是死亡，但也是自然的蜕变更迭。

不过，这样"心平气和"地对待"离枝"，更为短暂，下一轮的思索纠结又要开始了。

接下来写的是年夜饭，主客九人围坐：女主人林徽因，性情明朗和体质脆弱结合成"人文主义一个最好标本"；男主人梁思成，受过伤的身体平时需穿一轻金属背甲，瘦弱之躯却将担负为新时代设计建筑的重任；"生与道契"的逻辑哲学家金岳霖，想中国之大，总有地方养鹅；两个青年助教，两个小主人，一位老太太，还有一个"我"——此时四十七岁的"我"，恰如十七岁的那个"我"：沉默，羞怯，慌乱，头

木钝钝。

感情上极其亲切的老友，在时代转折之际的生命状态并不十分相同。梁思成夫妇，这一对杰出的建筑学家，渴望着为新时代的人民进行合理、健康的设计；就在此前不久，有解放军干部来到梁家，请教一旦被迫攻城，哪些文物必须保护，要梁思成把重要的文物古迹一一标在军用地图上，使得夫妇俩异常感动。在沈从文眼里，主人夫妇将在新时代里发挥重要作用，他们自己当时大概也是这样觉得。作为对比，沈从文自己却完全找不到新时代里的位置。与老友相聚，他的感受是："一切存在都似乎极熟习又极生疏，完全是双重的。说什么我都懂，在微笑中领会，可没有一个人能从这种微笑中，领会一个人人格分裂以后的荒凉、麻木、机能失灵种种。"

饭后客厅中放贝多芬曲子，音乐流注，沈从文从中再次听到了死亡引诱的声音："……你除了 X 还等待什么?"他的回答是顺从了："带了我走吧……听你如命运，服从你如神。"但顺从中又禁不住抗拒："我要动！……我不能静止，还没有死。"然而还是更倾向于顺从："我需要静止，太累了。"

一个生命，怎么会走到这个地步？从乡村"游荡"到都市，或许是一种可怕的错误？沿着生命的来路回溯，可能找到本来的"我"？ ——"我要回去看看。"他的思绪回到了四

十年前的老家，回忆起在母亲膝边哭泣的情景，发现了又一个"我"："一个慈母和荡子的人格综合"。

由冥想再回到现实，座中"三个建筑师正谈到春天的旅行，要看看应天寺大塔，并讨论到中国塔的形式"。沈从文即时反应的是："可决想不到面前也就有一个圮坍的塔，毁废的土堆。"他把自己想象成这样一座塔。

塔，沈从文对它太敏感，感情太深切厚重了。塔是小说《边城》的一个核心意象，风雨之夜，塔倒了，老船夫死了，这是一层意思；再一层，塔可以看作沈从文整个文学事业的象征，此时这份半生心血建成的事业已遭全面否定；既以文学事业为生命，文学事业之塔的毁废，也即是个人生命的毁废；更而扩大来看，"塔字所含独立或孤立意义，在中国文化史上的象征意义，除少数专家已再无人能理会到"。

"没有一个人注意到面前这个旧塔的坍圮，还包含了翠翠永世的悲哀。"《边城》里的翠翠出现了，连同悲哀的杜鹃鸣声。新的建筑将要在旧塔的废墟边进行，新的时代和自然界的春天就要来了，"我"忧愁和悲悯，真诚而善良，迎接行将到来的春天，可是这个春天"只有杜鹃存在，什么都完了"。

"什么都完了"的悲哀刺激情绪偾张，他在心里失去了克制，喊着翠翠，向翠翠倾诉，就像喊着自己，向自己倾诉：

"翠翠，你要哭，你尽管哭！你沉默，就让杜鹃为你永远在春天啼唤。你的善良品性和痛苦命运，早在我预料中，一切全在预料中。这就是人生！"

在此之前和之后，《边城》及翠翠，一再成为沈从文纷乱思绪中最痛切的回忆、想象，一九四八年他在初版本样书上写了三百字的《新题记》，满怀人与事的悲伤，"惟书中人与个人生命成一希奇结合，俨若可以不死"[1]；沈从文自杀获救后缓慢恢复的日子里，精神时好时坏，一九四九年五月三十日晚上，孤苦无告之际，他连声呼喊翠翠："翠翠，翠翠，你是在一零四小房间中酣睡，还是在杜鹃声中想起我，在我死去以后还想起我？"[2]

翠翠是活在他文学中的女孩子，是家乡的山水和人事孕育、滋养的生命，由翠翠而想到家乡，回溯那个本来的"我"之所自：沙滩，河流，戏台，鱼，网，各种各样的人。在这巴掌大的一片地方，接续着平凡、简单而贫乏的一代代生命，"我"从那里来，欢喜回到那里去。可是，回去是不可能了，"试作溯流而上努力，即或知道源泉所在，依然不能回到那个源泉边去。一切都远了，除却保留在记忆回想中，什么都不存在了"。

1　沈从文：《新题记》，《沈从文全集》，第 8 卷，60 页。
2　沈从文：《五月卅下十点北平宿舍》，《沈从文全集》，第 19 卷，43 页。

眼前的客厅里，"大家正谈论到年青人的热情粘附于新信仰上时种种发展"。在这个"一切由'信'出发"的新时代，孕育形成一种"新宗教气氛"，青年的生命在这种气氛里发酵；更奇异的是，时代在女主人"这个生命枯枝上，茁生了一簇簇新芽和新蕊。希望或理想同样在发酵"。男主人认真地谈到将来的工厂住宅设计，憧憬壮观景象的出现。面对这两个老朋友，沈从文欣赏、羡慕，同时也估计、疑虑："二十世纪上半段人文主义传递下来的一切优秀技术，及对传统的理解，即将在新的时代作第一回新的贡献。好伟大的一回工程！"说还有疑虑，是他禁不住想，这样的奇迹、童话或神话，能不能真的实现？"能不能完成一小部分？"同为过来的人，"我"却完全不能有所作为，不能不"感到一种深刻的痛苦"。

　　女主人体贴"生病"的客人，她劝解，这劝解也像是一种辩驳："为什么你会要死？……谁不是在极端疲乏中挣扎？……看时代就会忘了个人。……你想的却是'你'，为什么不来用笔写写'人'，写写一个新的人的生长，和人民时代的史诗？……你有权利可以在这个时候死去？"

　　他回答不了这些问题。

年夜过去几天，沈从文坐在窗前写这篇记录，外面田野里有一列断垣，原来可能是个营盘，现在只剩下一片荒芜。他的思绪里又出现了死：过去某时，会不会有一个战士在那个门楼前自决？紧接着想到"另外一种战士"——也就是自己，会不会"来到这个废门楼前收拾了自己，完成一种象征"？——"似乎有种召唤，自远而近。我没有战栗，只凝视远处。"

开篇即提出的根本问题无从解答，思索复思索的过程没有结果，生命的疲累和空无或将战胜求生的挣扎，"我的甲胄和武器，我的水壶和粮袋，一个战士应有的全份携带，都已失去了意义。一切河流都干涸了，只剩余一片荒芜"。

死亡可以解脱一切。倘若果真听从了死亡的召唤，那么，这就是自我解脱前的"绝笔"。

三

沈从文自杀之前的精神活动，除了三篇长文，还可以参照的材料有，他在清华园给张兆和的信，以及梁思成、林徽因给张兆和的信，见《沈从文全集》第十九卷，我在《沈从文的后半生》一书中做了集中引述，这里就不再重复。

需要特别指出的是，沈从文的三篇长文，不仅仅对"还

原"他在这一特殊时期的思想和生命情景具有不可替代的作用,而且对更充分地理解沈从文前半生的文学创作和后半生的文物研究事业,都有深入的启发。譬如,《一个人的自白》或许能够触动我们反省,对沈从文作品的理解是否太表面化,那些被简单视为"美""静""朴素"的文字,其实包藏着生活经验中的屈辱和痛苦,也蕴含了生命意志的力量,来共同做成"微笑"的文学;由《关于西南漆器及其他》,我们可以明白沈从文对历史文物的爱好和理解,其实源远流长,以至于早在后半生以此为业之前,就和个人生命的发展严密契合分不开。《一点记录》或许可以看成是两章自传的前奏,他写此文时的搜寻自我,延续下来,就有了紧接着的两篇长文。

沈从文本人,对他这几篇搜寻和梳理自我、当作"绝笔"留下来的文章,看得非常严肃、郑重。郑重到什么程度?《一个人的自白》第一段有句话:"将来如和我的全部作品同置,或可见出一个'人'的本来。"[1] 我至今记得十一年前读到这句话时的震惊,那是什么样的时候啊,他还想到有"和他的全部作品同置"的将来。

过了许多年,我再一次感受到内心的震惊,是在沈虎雏家里看到文章的手稿。一九七五年,整日埋首于杂文物研究

---

1 沈从文:《一个人的自白》,《沈从文全集》,第27卷,3页。

里的沈从文，从残存未毁的手稿中发现《一个人的自白》第一页，他郑重托付给忘年交、后半生最信任的王㐨，说："这个放在你处。将来收到我全集里。"王㐨用卡片纸做了保护夹，外面写"沈要"二字，里面用铅笔记了一行："七五年八月十五下午交余：'这个放在你处……'"省略号隐去的，就是那句让我震惊的话："将来收到我全集里。"王㐨在衣箱里做了个夹板层，把这页手稿藏在里面。

在《一点记录》里，沈从文回想以前的作品，从中看到了对个人现实命运的预言：《边城》里的塔倒了，翠翠的哭声和杜鹃的哀鸣在耳边回旋。"我想起新婚二月会写出那种作品，再没有自己作的预言正确而真实！"但是，在当时的急迫和混乱中，他无暇也无心注意到自己作品预言的完整性，他被求死解脱吸引住了，一时没有想起那个作品的最后有个转折：那个圮坍了的白塔，又重新修好了。

我们站在后来者的位置上，我们看到沈从文从崩溃中艰难地恢复了过来，我们一点一点明白他后半生成就了另一种安身立命的事业，我们想起那仿佛不经意的一笔转折，恍然，重重地惊叹：那个倒了的塔，又重新矗立起来了——这，才是最终的预言。

二〇一四年九月十二日

"联接历史沟通人我"而长久活在历史中

——门外谈沈从文的杂文物研究

    沈从文的前半生以文学创作成就伟绩，后半生以文物研究安身立命，一生的事业，好像一分为二，两种身份，分属两个不同的领域。但换一个角度，也可以观察到另外的情形：作家也好，文物研究者也好，这两种身份是矛盾和统一在他一个人身上的；文学和文物这两个领域，创作和研究这两种方式，一般人在意和注重的是不同，是相隔，在沈从文那里，却是相通。不是表面的相通，是这个人在根子上看待世界和历史、看待人事和自我的意识、眼光、方法上的相通。他的意识、眼光和方法的独特，不仅造就了他独特的文学，同样也造就他在文物研究上的独特贡献。

    更多的读者熟悉沈从文这个人和他的文学，相对地不太熟悉他的文物研究，那么我们就试着从他这个人和他的文学

出发，逐步地走进他文物研究的世界。我想说的都是"入门"前的话，却是理解他的"专门"研究的重要基础，不是可有可无的东西。以下简单地谈这么几个问题：

一、他这个人和文物研究是什么关系；

二、他的文学和文物研究如何相通；

三、他的文物研究的观念、方法和成就有什么独特价值。

明白了这几个问题，也许我们还可以反过来考虑，从他的文物研究，我们能否得到启发，更好地来理解他的文学和他这个人。

一、远因和选择

沈从文为什么要研究文物？现成的答案，时代转折之际，"不得不"割舍文学，"改行"。来自政治的巨大压力，无论如何强调都不过分。这其中的一些情况，不少人已耳熟能详，我不再重复。我想说的是另一方面：人在巨大压力之下仍然是可以选择的，在看似完全被动、被迫的情形下，其实仍然存在着自主性，当然这种自主性受到严酷的限制，需要付出巨大的代价才能维持。沈从文不是不可能继续当个作家，留在文坛上；事实上新政权的一些部门和个人也确实多次表示，

希望他继续写作。但他十分清醒，他的文学和新时代所要求的文学是无法相容的，如果他屈从外力的要求而写作，就是"胡写"；而"胡写"，他就"完了"。他是为了保持个人对于文学的挚爱和信念而放弃文学的。放弃文学以后做什么呢？文物研究，这是沈从文的自主选择。这个选择，不是从许多选项中挑了这么一个，而是，就是这一个。这个选择的因由，其实早就潜伏在他的生命里，像埋进土里的种子，时机到了就要破土而出。

我们来看看这颗种子在土里的历程。这个历程的时间还真不短。

《从文自传》是一本奇妙的书，这本书的奇妙可以从好多方面来讲，这里只讲和我们的问题有关的一个方面。这本书是沈从文三十岁写的，写的是他二十一岁以前的生活，他在家乡的顽童时代和在部队当兵辗转离奇的经历。不要说书中的那个年轻人，就是写这本书时候的沈从文，也无法预知他后半生命运的转折。可是这本书里有动人的段落和章节，很自然地写出了一个年轻的生命对于中国古代文化和文物的热切的兴趣。有谁能够想象，在这个一个月挣不了几块钱的小兵的包袱里，有一份厚重的"产业"：一本值六块钱的《云麾碑》，值五块钱的《圣教序》，值两块钱的《兰亭序》，值五块钱的《虞世南夫子庙堂碑》，还有一部《李义山诗集》。要讲

沈从文的书法历程，必得从这份早年的"产业"讲起。《从文自传》倒数第二章题为《学历史的地方》，写他在筸军统领官陈渠珍身边作书记约半年，日常的事务中有一件是保管整理大量的古书、字画、碑帖、文物，"这份生活实在是我一个转机，使我对于全个历史各时代各方面的光辉，得了一个从容机会去认识，去接近。"——

> 无事可作时，把那些旧画一轴一轴的取出，挂到壁间独自来鉴赏，或翻开《西清古鉴》《薛氏彝器钟鼎款识》这一类书，努力去从文字与形体上认识房中铜器的名称和价值。再去乱翻那些书籍，一部书若不知道作者是什么时代的人时，便去翻《四库提要》。这就是说我从这方面对于这个民族在一段长长的年分中，用一片颜色，一把线，一块青铜或一堆泥土，以及一组文字，加上自己生命作成的种种艺术，皆得了一个初步普遍的认识。由于这点初步知识，使一个以鉴赏人类生活与自然现象为生的乡下人，进而对于人类智慧光辉的领会，发生了极宽泛而深切的兴味。[1]

---

1 沈从文：《从文自传·学历史的地方》，《沈从文全集》第 13 卷，356 页，北岳文艺出版社，2002 年。

我们在沈从文的整个生命完成多年之后，细读他早年这样的文字，后知后觉，不能不感叹生命远因的延续，感叹那个二十一岁的军中书记和三十岁的自传作者为未来的历史埋下了一个惊人的大伏笔。

从湘西来到北平之后，还不清楚自己未来事业的路在哪里的时期，摸索读书，其中大多与历史、文物、美术有关："为扩大知识范围，到北平来读书用笔，书还不容易断句，笔又呆住于许多不成形观念里无从处分时，北平图书馆（从宣内京师图书馆起始）的美术考古图录，和故宫三殿所有陈列品，于是都成为我真正的教科书。读诵的方法也与人不同，还完全是读那本大书方式，看形态，看发展，并比较看它的常和变，从这三者取得印象，取得知识。"[1]

抗战后寓居昆明八年，早已确立了文学地位的沈从文，特别留心于西南文物中一些为历史和现代学人所忽略的东西，其中主要是漆器。汪曾祺回忆说："我在昆明当他的学生的时候，他跟我（以及其他人）谈文学的时候，远不如谈陶瓷，谈漆器，谈刺绣的时候多。他不知从哪里买了那么多少数民族的挑花布。沏了几杯茶，大家就跟着他对着这些挑花图案一起赞叹了一个晚上。有一阵，一上街，就到处搜罗缅漆盒

1　沈从文：《关于西南漆器及其他》，《沈从文全集》第 27 卷，23 - 24 页。

子。……昆明的熟人没有人家里没有沈从文送的这种漆盒。有一次他定睛对一个直径一尺的大漆盒看了很久，抚摸着，说：'这可以做一个《红黑》杂志的封面！'"[1]

一九四九年二、三月，沈从文在极端的精神痛苦中写了两章自传，其中之一是《关于西南漆器及其他》，描述和分析了美术、工艺美术与自己的深切关系。他说，"我有一点习惯，从小时养成，即对于音乐和美术的爱好"，"认识我自己生命，是从音乐而来；认识其他生命，实由美术而起。""到都市上来，工艺美术却扩大了我的眼界，而且爱好与认识，均奠基于综合比较。不仅对制作过程充满兴味，对制作者一颗心，如何融会于作品中，他的勤劳，愿望，热情，以及一点切于实际的打算，全收入我的心胸。一切美术品都包含了那个作者生活挣扎形式，以及心智的尺衡，我理解的也就细而深。""而尤其重要的，是这些小市民层生产并供给一个较大市民层的工艺美术，色泽与形体，原料及目的，作用和音乐一样，是一种逐渐浸入寂寞生命中，娱乐我并教育我，和我生命发展严密契合分不开的。"[2]

由爱好和兴趣，发展到对世界、生命、自我的认识和体

---

1 汪曾祺：《与友人谈沈从文》，《晚翠文谈新编》，160－161页，三联书店，2002年。

2 沈从文：《关于西南漆器及其他》，《沈从文全集》第27卷，20页，22页，23页。

会，并且逐渐内化为自我生命的滋养成分，促成自我生命的兴发变化，文物对于沈从文来说，已经不仅仅是将来要选择的研究"对象"了。

二、杂文物和普通人，历史的长河和"抽象的抒情"

我一开始就说沈从文的文物研究和文学相通，怎么个相通呢？

先看看他关注什么东西，简单罗列一下他的一些专门性研究：玉工艺、陶瓷、漆器及螺钿工艺、狮子艺术、唐宋铜镜、扇子应用进展、中国丝绸图案、织绣染缬与服饰、《红楼梦》衣物、龙凤艺术、马的艺术和装备，等等；当然还有历经十七年曲折、在他七十九岁问世的《中国古代服饰研究》这一代表性巨著。你看他感兴趣、下功夫的东西，很杂，所以他把他的研究叫做杂文物研究；但这些很杂的东西有个共同的地方，大多是民间的、日常的、生活中的，不但与庙堂里的东西不同，与文人雅士兴趣集中的东西也很不一样，你也可以说，他的杂文物，大多不登大雅之堂。这些杂文物，和他的文学书写兴发的对象，在性质上是统一的、通联的。沈从文钟情的是与百姓日用密切相关的工艺器物，他自己更

喜欢把他的研究叫做物质文化史研究，为了强调他的物质文化史所关注的与一般文物研究关注的不同，他关注的是千百年来普通人民在日常生活中的劳动、智慧和创造。沈从文的文学世界，不正是民间的、普通人的、生活的世界？这是一方面。

第二，沈从文对文物的爱好和研究，"有一点还想特别提出，即爱好的不仅仅是美术，还更爱那个产生动人作品的性格的心，一种真正'人'的素朴的心"。物的背后是人，举个形象的例子，"看到小银匠捶制银锁银鱼，一面因事流泪，一面用小钢模敲击花纹。看到小木匠和小媳妇作手艺，我发现了工作成果以外工作者的情绪或紧贴，或游离。并明白一件艺术品的制作，除劳动外还有个更多方面的相互依存关系。"[1]沈从文年复一年地在历史博物馆灰扑扑的库房中与文物为伴，很多人以为是和"无生命"的东西打交道，枯燥无味；其实每一件文物，都保存着丰富的信息，打开这些信息，就有可能会看到生动活泼的生命之态。汪曾祺也说："他后来'改行'搞文物研究，乐此不疲，每日孜孜，一坐下去就是十几个小时，也跟这点诗人气质有关。他搞的那些东西，陶瓷、漆器、丝绸、服饰，都是'物'，但是他看到的是人，人的聪

1　沈从文：《关于西南漆器及其他》，《沈从文全集》第27卷，23页，22页。

明，人的创造，人的艺术爱美心和坚持不懈的劳动。他说起这些东西时那样兴奋激动，赞叹不已，样子真是非常天真。他搞的文物工作，我真想给它起一个名字，叫做'抒情考古学'。"[1] 也就是说，物通人，从林林总总的"杂文物"里看到了普通平凡的人，通于他的文学里的人。

第三，关于历史。文物和文物，不是一个个孤立的东西，它们各自蕴藏的信息打开之后能够连接、交流、沟通、融会，最终汇合成历史文化的长河，显现人类劳动、智慧和创造能量的生生不息。工艺器物所构成的物质文化史，正是由一代又一代普普通通的无名者相接相续而成。而在沈从文看来，这样的历史，才是"真的历史"。什么是"真的历史"？一九三四年，沈从文在回乡的河流上有忽然通透的感悟：

> 我们平时不是读历史吗？一本历史书除了告我们些另一时代最笨的人相斫相杀以外有些什么？但真的历史却是一条河。从那日夜长流千古不变的水里石头和砂子，腐了的草木，破烂的船板，使我触着平时我们所疏忽了若干年代若干人类的哀乐！我看到小小渔船，载了它的黑色鸬鹚向下流缓缓划去，

1　汪曾祺：《沈从文的寂寞》，《晚翠文谈新编》，191 页。

看到石滩上拉船人的姿势，我皆异常感动且异常爱他们。我先前一时不还提到过这些人可怜的生，无所为的生吗？不，三三，我错了。这些人不需要我们来可怜，我们应当来尊敬来爱。他们那么庄严忠实的生，却在自然上各担负自己那分命运，为自己，为儿女而活下去。不管怎么样，却从不逃避为了活而应有的一切努力。他们在他们那分习惯生活里、命运里，也依然是哭、笑、吃、喝，对于寒暑的来临，更感觉到这四时交递的严重。三三，我不知为什么，我感动得很！我希望活得长一点，同时把生活完全发展到我自己这份工作上来。我会用我自己的力量，为所谓人生，解释得比任何人皆庄严些与透入些！[1]

这是一种非常文学化的表述，这样的眼光和思路所蕴含的对历史的选择取舍，对于承担历史的主体的认识，到后半生竟然落实到了工艺器物的实证研究中。杂文物所连接的物质文化史的长河，同样使他"触着平时我们所疏忽了若干年代若干人类的哀乐"。文物研究与此前的文学创作贯通的脉络

1　沈从文：《湘行书简·历史是一条河》，《沈从文全集》第11卷，188-189页。

如此鲜明清晰，实打实的学术研究背后，蕴蓄着强烈的"抽象的抒情"冲动：缘物抒情，文心犹在。

《中国古代服饰研究》以实物图像为依据，按照时间顺序，叙述探讨服饰的历史。在引言中，沈从文有意无意以文学来说他的学术著作："总的看来虽具有一个长篇小说的规模，内容却近似风格不一、分章叙事的散文。"[1] 这还不仅仅泄露了沈从文对文学始终不能忘情，更表明，历史学者和文学家，学术研究和文学叙述，本来也并非壁垒森严，截然分明。一身二任，总还是一身。

三、物质文化史研究的观念和方法

中国是一个历史悠久的国家，这是挂在很多人口头上的话。如何看待悠久的历史，从普通百姓到专家学者，在观念上和兴趣上，都存在着有意识和无意识的选择。不论是有意识还是无意识的观念和兴趣，都需要不断反省。现代史学的第一次重大反省发生在十九世纪二十世纪之交，以梁启超一九〇二年写的《新史学》为代表，重新厘定什么是历史。梁

1　沈从文：《〈中国古代服饰研究〉引言》，《中国古代服饰研究》，10 页，上海书店出版社，2002 年。

启超受当时日本流行的文明史影响，责备中国传统的史学只写帝王将相，大多未将国民的整体活动写进历史；只注意一家一姓的兴亡，而不注意人民、物产、财力等等。历史只为朝廷君臣而写，"曾无有一书为国民而作者也"[1]。严复此前《群学肄言》里也说："于国民生计风俗之所关，虽大而不录。"[2] 一百多年前新史学所倡导的引发激烈论争的观念，今天看来也许十分平常，不过如果再看看一百多年来一般人的历史观念和兴趣究竟有多大改变，仍然会觉得那些意见未必过时。

沈从文不一定清楚世纪之交那场中国"有史"还是"无史"的辩论，他凭借自己生命的经验、体悟和真切的感情，而不是某种史学理论的支持，三十年代在湘西的河流上追问什么是"真的历史"，"一本历史书除了告我们些另一时代最笨的人相斫相杀以外有些什么？"这个强烈的感受，恰恰呼应了梁启超对旧史学的批判，连文字意象都不约而同："昔人谓《左传》为相斫书。岂惟《左传》，若二十四史，真可谓地球上空前绝后之一大相斫书也。"[3] 而沈从文心之所系，是在这样的历史书写传统之外、被疏忽了若干年代的更广大的平凡

---

1 梁启超：《新史学》，《饮冰室合集·文集九》，3 页，中华书局，1936 年。

2 严复：《群学肄言》，8 页，商务印书馆，1981 年。

3 梁启超：《新史学》，《饮冰室合集·文集九》，3 页。

人群。在文学写作中，沈从文把满腔的文学热情投射到了绵延如长河的普通人的生死哀乐上；一九四九年正式开始的杂文物研究，已经是非常自觉地把产生物质文化的劳动者群体的大量创造物置于他研究核心的位置。沈从文不是理论家，可是他的研究实践却强烈地显示出明确、坚定的历史观和物质文化史观。

在相当长的时间里，这样的研究不是文物研究的主流，不被理解是必然的。通俗一点说，沈从文研究的那些东西，在不少人眼里，算不上文物，没有多大研究价值。五十年代，在一次全国博物馆工作会议期间，历史博物馆在午门两廊精心布置了一个"内部浪费展览会"，展出的是沈从文买来的"废品"，还让他陪同外省同行参观，用意当然是给他难堪。什么"废品"呢？如从苏州花三十元买来的明代白绵纸手抄两大函有关兵事学的著作，内中有图像，画的是奇奇怪怪的云彩。这是敦煌唐代望云气卷子的明代抄本，却被视为"乱收迷信书籍当成文物看待"的"浪费"。另一件是一整匹暗花绫子，机头上织有"河间府制造"宋体字，大串枝的花纹，和传世宋代范淳仁诰敕相近，花四块钱买来的。"因为用意在使我这文物外行丢脸，却料想不到反而使我格外开心。"这一事件一方面表明沈从文在历史博物馆的现实处境和政治地位，另一方面，从文物的观念上来说，沈从文的杂货铺和物质文

化史，确实不被认同，甚至被排斥，以至于被认为是"外行"而安排如此形式的羞辱。"当时馆中同事，还有十二个学有专长的史学教授，看来也就无一个人由此及彼，联想到河间府在汉代，就是河北一个著名丝绸生产区。南北朝以来，还始终有大生产，唐代还设有织绫局，宋、元、明、清都未停止生产过。这个值四元的整匹花绫，当成'废品'展出，说明个什么问题？"[1]

所以我们要意识到，沈从文从事物质文化史研究，不仅他这个人要承受现实处境的政治压力，他的研究观念还要承受主流"内行"的学术压力。反过来理解，也正可以见出他的物质文化史研究不同于时见的取舍和特别的价值。

沈从文没有受过正规的（正统的）历史研究训练，他如何着手杂文物研究呢？笨办法：与大量实物进行实打实的接触，经眼，经手，千千万万件实物，成年累月地身在其中，获得了踏实而丰富的实感经验，在此基础上展开探讨。历史博物馆管业务的领导和一些同事无从理解他整日在库房和陈列室转悠，以至于说他"不安心工作，终日飘飘荡荡"。他们觉得研究工作就是在书桌前做的。沈从文从一己的经验，体会和总结出：文物研究必须实物和文献互证，文史研究必须

---

1 沈从文：《无从驯服的斑马》，《沈从文全集》第27卷，381页，382页。

结合文物。这样的见解和主张，具有方法论的意义。

一九二五年，王国维在清华研究院的"古史新证"课上，提出了以"地下之新材料""补正纸上之材料"的"二重证据法"。[1] 沈从文对王国维古史问题探索方法的呼应，不是理论上的选择，而是从自己的亲身实践中自然得出的结论，他相信自己的这种笨方法能够解决很多实际问题；并且，"我们所处的时代，比静安先生时代工作条件便利了百倍，拥有万千种丰富材料，"可以利用的文物数量大大增加，"但一般朋友作学问的方法，似乎仍然还具有保守性，停顿在旧有基础上。"[2] 与他的这种方法相比较，博物馆通行的两种研究方式，他以为都不怎么"顶用"："博物馆还是个新事业，新的研究工作的人实在并不多。老一辈'玩古董'方式的文物鉴定多不顶用，新一辈从外来洋框框'考古学'入手的也不顶用，从几年学习工作实践中已看出问题。"[3]

新的文史研究必须改变以书注书、辗转因袭的方式，充分地利用考古发掘出来的东西，充分地结合实物，文献和文物互证，才能开出一条新路。对这一主张，沈从文相当自信，反复强调。以服饰为例，"中国服饰研究，文字材料多，和具

1　王国维：《古史新证——王国维最后的讲义》，2 页，清华大学出版社，1994 年。
2　沈从文：《文史研究必须结合文物》，《沈从文全集》第 31 卷，312 页。
3　沈从文：《我为什么始终不离开历史博物馆》，《沈从文全集》第 27 卷，249 页。

体问题差距大，纯粹由文字出发而作出的说明和图解，所得知识实难全面，如宋人作《三礼图》就是一个好例。但由于官刻影响大，此后千年却容易讹谬相承。如和近年大量出土文物铜、玉、砖、石、木、漆、刻画一加比证，就可知这部门工作研究方法，或值得重新着手。"这是《中国古代服饰研究》引言一开篇即提出的问题；接下来所谈，不仅说明仅仅依靠文字之不足，而且指出文字记载有明显的取舍选择，这样的取舍与沈从文的物质文化史观念有所偏离："汉代以来各史虽多附有《舆服志》、《仪卫志》、《郊祀志》、《五行志》，无不有涉及舆服的记载，内容重点多限于上层统治者朝会、郊祀、燕享和一个庞大官僚集团的朝服、官服。记载虽若十分详尽，其实多辗转沿袭，未必见于实用。"方法上、内容上都存在可以探讨之处；"私人著述不下百十种，……又多近小说家言，或故神其说，或以意附会，即汉人叙汉事，唐人叙唐事，亦难于落实征信。""本人因在博物馆工作较久，有机会接触实物、图像、壁画、墓俑较多，杂文物经手过眼也较广泛，因此试从常识出发排比排比材料，采用一个以图像为主结合文献进行比较探索、综合分析的方法，得到些新的认识理解，根据它提出些新的问题。"[1] 事实后来终于证明，沈从

1　沈从文：《〈中国古代服饰研究〉引言》，《中国古代服饰研究》，1页。

文所主张的观念和方法，经过他自己的多年实践，为中国文化史的研究做出了别人无从替代的贡献。

四、留给后代的礼物

一九四九年九月，沈从文致信丁玲，表示完全放弃文学写作。"有的是少壮和文豪，我大可退出，看看他人表演。头脑用到工艺美术史的探索研究上，只要环境能工作，或可为后来者打个底子，减少后来人许多时间，引出一些新路。""且让我老老实实多作点事，把余生精力解放出来，转成研究报告，留给韦护一代作个礼物吧。"[1] 在个人处境那么不堪的情形中，他对新的事业却有如此非凡的抱负和强烈的自信：引出新路，留给下一代。

一九五二年一月，沈从文在给张兆和的信中谈到人与历史："万千人在历史中而动……一通过时间，什么也不留下，过去了。另外又或有那么二三人，也随同历史而动，永远是在不可堪忍的艰困寂寞，痛苦挫败生活中，把生命支持下来，不巧而巧，即因此教育，使生命对一切存在，反而特具热

---

1 沈从文：《致丁玲》（19490908），《沈从文全集》第 19 卷，52 页。

情。"沈从文后半生的事业，把特具的热情献给了中国古代物质文化史，献给了历史中留存下来的工艺器物，他的研究也因此成为"联接历史沟通人我的工具"，"因之历史如相连续，为时空所隔的情感，千载之下百世之后还如相晤对。"[1]

沈从文以研究历史的方式，使自己长久地活在历史中。

二○一二年二月十九日

---

1 沈从文：《致张兆和》（19520124），《沈从文全集》第 19 卷，311 页。

沈从文的后半生：这是什么样的故事

《沈从文的后半生》（广西师范大学出版社·理想国，二〇一四年）这本书，出版几个月了，有时候我自己也会翻翻，不期然地产生出一些新的想法，这是非常奇妙的体验。我在写的时候，没有体会到的东西，慢慢地体会到了；写的时候没有明白的事情，会慢慢明白。也就是说，这本书，其实是大于写这本书的人的。我觉得这是非常好的状态；如果你写了一本书，它和你一样大，或者比你还要小一点，恐怕不是很好的事情。

也就是说，如果把沈从文的世界，限制在一个研究者或者传记作者个人的世界里面，那就可能非常不妙。所以回过头来，我会有点感谢自己这样一个笨的写法，尽量地呈现沈从文这个人他的后半生是怎么过来的，至少表面上不那么急

着用我自己的想法、观念来解释他、判断他。那样做可能写起来会比较痛快，读起来也会比较痛快；但是那样做的话，就存在着把这个人缩小、定型、标签化的危险；限制住了，就丧失了开放性——向更多更深的理解开放。最重要的还是对象本身，要小心翼翼地保护、保存，进而发现、发掘对象本身的丰富性。

话又说回来，如果一个研究者或传记作者没有他自己的感受、他自己的观察、他自己的想法，他又如何能够知道要保护、保存什么？他又如何去发现、发掘？他更如何形塑出一个贯通的形象、一个完整的世界？换句话说，一个研究者或传记作者，怎么可能没有一个内在的自我呢？诚然如此；不过我还是想说，这个内在的自我，还是保持、隐约在内含的状态比较好；同时，这个内在的自我更要自始至终保持其开放性，有自我而能"毋意，毋必，毋固，毋我"（《论语·子罕》），不要害怕别人说你没有见解，没有思想。

一部长篇的叙事作品——传记当然是这样的作品，叙述者必然有内在的叙述冲动，并且应该把叙述的动力充实、保持、发展和丰富到最终，否则，一开始就动力不足，或者中途涣散，都会使得作品无精打采；但是，内在的冲动即便很强烈，也应该自觉加以限制，不致酿成感情的泛滥和思想的恣肆，这同样会毁掉作品。有叙述的激情而节制、内敛，甚

至隐藏，叙述饱满而不张狂，才有可能使得叙述本身的意蕴不受伤害。叙述本身可以产生出一个多维的立体空间，叙述者内在的自我应该致力于扩充这个空间，而不是让自我表现的冲动把这个空间压扁。

如果我们把沈从文后半生这么漫长时间的经历看成一个故事的话，这个故事不是一条单一的线，它是多向度的、立体的，有很多层次叠加融合在一起，读这个故事的人，领会到一层，就能明白一些东西；过了一段时间，可能还会领会到另外一层。我的脑子比较慢，我领会这个东西，需要过很长的时间才明白那么一点点，没有法子一下全体会到，全明白。虽然这本书是写完了，但是我明白的过程还没有完。

这样的一个故事，有可能包含着哪些含义？就像这本书，是一个开放的文本，它有可能朝哪些方向开放？

一、绝境，和在绝境中创造事业的故事

第一个我想说的是，绝境和在绝境中创造事业，可以把这本书读成这样的一个故事。这本书一开头，这个人就精神崩溃、自杀，一般来说，按照时间顺序叙述一个故事，不会一开始就这样。一开始就这么一个剧烈的冲突，一个极端的

情境，往后怎么写呢？但是他人生就是这样的，一九四九年就经历了这个，一个人走到绝境，走到走投无路的地方。这个绝境，我用不着多说，是时代本身压给他的，是时代的转折压给他的，因为到了这个关口，他以前的创作方式没有办法继续下去了，他的事业被摧毁了。这个是一个方面。

还有另外一个方面，一个人要走到绝境，其实是有他自主选择的成分在。因为时代的巨大转折和压力，不是沈从文一个人所承受的，很多人都在承受，为什么只有这一个人要走到精神崩溃去自杀的程度？当然沈从文个人当时的现实处境有非常特殊的地方；除此之外，我想这当中，就还有一个勇气的问题，有一个人的大勇敢在。我们人这种动物，本能里面就有自我保护的反应机制，当碰到危险的时候，碰到绝境的时候，我们会有各种各样的办法避开它，绕开它。一九四九年也不是说没有这种办法，可以稍微妥协一点，可以随波逐流，大家怎么做你就怎么做，顺大流。当然随波逐流是一个不太好听的词，那换成好听的与时俱进就可以了。这样一来，这个绝境就避开了。可是这个人就是不肯，不能稍微圆通一点。他就是要一条道走到黑。这样的结果他是知道的，非常清楚。

一个人敢于把自己的人生走到最底部，和不敢走到这样的境地，是有差别的。差别在于，当我们本能地避开人生最

绝望、最可怕的境地之后，在精神心理上，我们的人生永远会有可怕的东西躲在暗中。可他不是，他死过一次了，当他死过一次再活过来的时候，就没有什么可怕的了，最可怕的事情已经经历过。避开可怕的绝境一直在活着的人，那个活着的状态，有一种可能是苟活，是在不死不活的状态，而他死过了一次再活过来，那真的是活了，而且再也没有什么力量能够让他再死一次，如果他自己想活的话。在后来的岁月里，比如说在"文革"当中，沈从文的遭遇要惨多了，但是他再也没有像一九四九年那样精神纠结反复，以致崩溃。

所以这样从死去一次再开始活过来的后半生，有这么一个特殊的起点，糟糕到底的起点，却也是一个了不起的起点。我们一般人不会有这样一个最低的起点，可就是这样的一个起点，才奠定了以后的路是往上走的路。

我要讲绝境，要讲在绝境当中活过来，而且活下去，还有一个怎么活法的问题。沈从文自杀，是因为他的文学事业不能继续了，他是一个把生命和事业联系在一起的，所以要活下去，就还得有事业。这个地方就显出这个人特殊的本事，他能在绝境中创造事业，文学不行了，就另辟新路。我们都知道他转身投入了文物研究的事业，并且在这个转过来的领域里做出了独特的贡献。其实往前、往后想想，这也不是他唯一一次面临绝境，只不过这一次非常惨烈。他年轻的时候

从湘西的部队跑到北京，生活没有着落，考大学考不上，也不知道要在干什么，但硬是从这样一个低的起点，从无到有，一点一点闯出来，成就了文学上的事业。往后看，比如说"文革"当中，他下放到湖北咸宁干校，好不容易改行创造的第二份事业，就是文物研究，又到了绝境。没有任何的书，任何的资料，怎么做研究？而且身体的状况特别差。又一次到了人生底部，能不能干点可以干的？所以他再做改行的打算和实验，认真尝试旧体诗的写作。他有一个从绝境当中创造事业的特别性格。

后来我慢慢体会到，这个性格的背后，其实是生命的创造能量在支撑，是创造的能量要求释放，要求落实到具体的事业上去。

沈从文一九四九年的绝境是比较戏剧化的、冲突极端激烈的时刻，但绝境绝不只是那样的时刻；其实可以把他漫长的整个后半生，就看成一个漫长的绝境。整个漫长的后半生就在对抗这样的一个绝境，以创造事业的方式，以日复一日的方式。

毋庸讳言，我们的注意力通常会更为戏剧化的绝境时刻所吸引，但我想说，比起绝境来，在绝境中以日复一日的努力创造事业，是更有意义的。

二、个人和时代关系的故事：超越受害者的身份

第二点我要讲的，这个后半生，还是一个自我或者个人和时代关系的故事。写这本书，我想写的不是沈从文他们这一代的知识分子普遍的遭遇，我写的不是一代人或者是几代人的一个典型，我写的不是一个模式的故事，我写的就是这一个人。这一个人和他同代的很多人不一样，和他后代的很多人不一样，我就是要写出这个不一样。他是一个不能被放在一个共同的模式里叙述的人。不一样是因为他有一个自我，这个自我和时代的巨大潮流、压力之间形成一个关系。偏离在社会大潮之外，自己找一个角落做自己事情，沈从文是这样的一个人。我反复讲过这本书的封面设计，用了沈从文一九五七年五一节画的上海外白渡桥上的游行队伍和黄浦江里一只游离的小船的即景图，这幅图的位置关系很有意思，我把它解读成一个隐喻，隐喻他在轰轰烈烈的时代潮流之外，找到很小很小的、特别不起眼的、你会忽略的这样的一个角落，来做自己的事情。

一般来说知识分子是不愿意待在角落里的，知识分子要做时代潮流的引领者，要做弄潮儿，如果不能，至少要跟上，不能落伍不能掉队。可是若干年之后你回过头去看，偏偏是

这样和时代潮流隔着距离，在这样一个谁都不会去理睬的角落里的人，才做成了事业。为什么会这样？个人要处在什么样的位置才能和时代之间形成一种有意义的关系，这个意义不仅仅是对于个人的，而且也是对于时代的？

个人和时代之间还有一个问题，我特别想讲这个问题。毫无疑问沈从文以及沈从文的那一代人甚至后面的几代人，他们是剧烈变动时代的受害者，遭受了很大的摧残和屈辱。受害者这样一个身份，是时代强加的，没有人愿意做受害者。所以这是一个完全被动的身份。但是，你有没有发现这样的情况，当那个时代过去以后，比如说"文革"过去以后，很多人会愿意强调自己受害者的身份，突出自己受害者的身份。这是人之常情，容易理解；但事情的另一面是，这样一来，不管是在意识里面还是在无意识里面，等于承认了时代强加给个人的被动的身份，也等于变相地承认了时代的力量。在一个变化非常大的时期，一个人除了是一个受害者，还有没有可能通过自己的努力，去超越受害者这样一个被动的身份，自己来完成另外一个身份？避免只有一个被动接受的身份，我觉得是非常重要的。

到二十世纪八十年代，沈从文的境况已经有了很大的好转，他可以出国讲学了。他在美国做演讲，做了二十几场，演讲的内容一是讲文学，二是讲文物。讲文学只讲一个题目，

不是讲他自己的作品，也不讲三十年代他盛名时期的事情，而是讲二十年代他刚刚到北平时候的文坛情况。讲文物的题目就很多了，今天在这个学校里讲扇子，明天到那个学校里讲丝绸。他准备了大量的幻灯片，一讲起来就很兴奋。可是他也知道，来听他演讲的人更希望听到的是他在一九四九年以后的遭遇，他们更希望从这个人的口中亲自证明这样的一个时代强加给知识分子的各种各样的残害力量，希望听到受害者的证词。在此前前后后很长的时期里，到海外的中国作家演讲，只要讲这个题目，下面的反应一定是非常热烈的。可是沈从文就不讲。

很多人会猜测，他是不是过于谨慎？是不是很胆小，很害怕？我已经说过，他死都死过了，还会害怕什么？他有他自己主动创造的身份，这个身份要比受害者的身份更有意义，对他也更重要。他讲了这么一段话，特别朴素特别诚恳。他说："在中国近三十年的剧烈变动情况中，我许多很好很有成就的旧同行，老同事，都因为来不及适应这个环境中的新变化成了古人。我现在居然能在这里快乐的和各位谈谈这些事情，证明我在适应环境上，至少作了一个健康的选择，并不是消极的退隐。特别是国家变动大，社会变动过程太激烈了，许多人在运动当中都牺牲后，就更需要有人更顽强坚持工作，才能保留下一些东西。"——他说的是"一个健康的选择"和

顽强坚持的工作，这个选择和工作让他超越了单纯受害者的身份。

沈从文后半生的故事是一个人自我拯救的故事，也可以说是一个人对一个时代救赎的故事。这样说会不会有点夸大？一个人的力量可以补救一个时代的荒芜吗？从数量上，是不可能的；可是换一个角度来看，如果一个时代连一个做事情的人都没有，和有这么许多的个人——沈从文当然不是唯一的这样的个人——来做事情，是不一样的。有这样的个人，证明这个时代还不可能把所有的人都摧垮，也证明人这个物种不可能被全部摧垮，证明这个物种还可以存在下去，还有存在的价值。超越受害者的位置，超越时代强加给你的身份，自己创造另外一种身份，这是一个了不起的事情。

三、创造力的故事

第三我想讲的，这还是一个关于创造力的故事。沈从文这一个人，表面上看起来非常软弱、非常普通，可就是这么一个人，充满着创造的能量。这个人一辈子为什么要做那么多事情？特别是后半生在历史博物馆，人家其实是不想让你

做什么事情的，不做倒还会安稳一些，做了，而且常常是硬要去做，麻烦就出来了。开始的时候我归结为一个人的性格，这个人的性格就是闲不住，忙不完，要做这要做那。后来我多少明白了一点，他这个人的生命里面有丰沛的创造的能量，要把创造的能量发挥出来，不发挥出来，憋在里面，一定很难受。

这个创造力的表现，很重要的一条是，他做的事情是没人做的。他做文物研究，文物研究在他半路改行过来之前早就有很长的历史了，可是为什么他做的事情是别人没有做的呢？《中国古代服饰研究》为什么会是奠基性的著作呢？不仅仅是服饰，他文物研究的"杂货铺"里面，有那么多的东西，都是别人不研究的。他的研究活动不是循规蹈矩的，有他自己的创造性在里面。

我举一个例子，这个例子可以有多重的解释，但是最后我把它归结为创造力。一九五三年，历史博物馆开了一个反对浪费的展览，展品就是沈从文给历史博物馆买的各种各样的"废品"，比如说，明代白绵纸手抄两大函有关兵事学的著作，内中有图像，这是敦煌唐代望云气卷子的明代抄本；再比如，一整匹暗花绫子，机头上织有"河间府制造"宋体字，大串枝的花纹，和传世宋代范淳仁诰敕相近。历史博物馆还有意安排沈从文陪同讲解。这个故事，我想至少可以读出三

重意思来。第一，可以读出来的是沈从文的现实处境、政治处境很糟糕，他们竟然会用这样的一个方式来侮辱他；第二，除了现实的政治压力之外，还有一个很大的压力，就是学术同行的压力。这个压力是很要命的，因为这个压力就在你身边，是来自"专家"的，他们觉得你是外行，不懂，让你买文物，结果你买来的是"废品"。但我更想说的是，我们把前面的意思反转过来，从正面看，看出第三重意思，就是沈从文的眼光和别人不一样。他要的东西是别人眼里的破烂儿，他能见别人之未见，看出破烂儿的价值。他的后半生的事业，是在这样一个独特的、他自己对于历史和文物的理解的基础上来进行的。

他自己会说，例如绸缎研究，例如工艺美术装饰图案研究，例如从文物制度衣冠服饰上来研究人物绘画的时代，那么多年没有人好好注意，"军中无大将，廖化作先锋"，"我于是又成了'打前站'的什长一类角色，照旧戏说则是'开路先锋'。"他还说，"一个人能够在许多新的工作中，担当披荆斩棘开荒辟土的任务，也极有意义，能这么作，精力旺盛是条件之一，至少也可证明是生命力还充沛的一种象征！有时不是真正的精力强健，倒是一种学习勇气！"

先锋，打前站，开荒辟土，他的文物研究不是沿着旧有的路子跟在后面走，而有强烈的自主意识和开创性。这也正

是创造力的表现。所以我觉得，沈从文的后半生，又是一个生命的创造能量不断释放、不停地探索着往前走的故事。当然，走得艰难，创造力要得以实现，需要克服各种各样的阻碍，遭遇意想不到的挫折，忍受难以忍受的屈辱。

四、爱的故事

第四，我很喜欢讲，这是一个爱的故事。

沈从文后半生做的那些事情，长年累月在灰扑扑的库房里转悠，和"没有生命"的东西打交道，有什么意思呢？说得简单一点，是对于文物的兴趣，但这个兴趣再追究下去，是对创造文物的人的体贴和认识。他很早的时候曾经说到，看到一个小银匠打银锁银鱼，一边流眼泪一边敲击花纹，制作者的情绪和生命会不知不觉地带到他手里做的这个活里面。看到一只豆彩碗，那么美秀、温雅，他会想到制器彩绘的人，在做的时候会是一种什么样的心情，在生活当中会有怎么样的挣扎，有怎样的喜怒哀乐，他会从物质的形式上体会一种被压抑的无比柔情的转化。

沈从文关心的文物有一个特点，大多不是我们一说到文物就会想到的东西，而是在普通的日常生活当中应用的、和

普通人的日常生活联系在一起的杂七杂八的东西，是普通人在漫长的历史里面，用劳动和智慧创造出来的东西。长期以来正统的文物界看不上眼，他却很有感情。这个感情其实沟通了他前半生的文学创作和后半生的文物研究。他前半生的文学创作关心的是什么？士兵、农民，甚至妓女，这样一些普通人的生活，他对他们有感情，他爱他们，他从他们身上可以看到人类生活的庄严和人类的历史。人类的历史其实是由这些人一代一代延续下去的。到了他的后半生，他真的在做历史研究了，就自然而然地把这种对历史的感受融进研究里面。

中国是一个历史悠久的国家，如何看待历史，从普通百姓到专家学者，在观念上和兴趣上，都存在着有意识和无意识的选择。现代史学的第一次重大反省发生在十九世纪二十世纪之交，以梁启超一九〇二年写的《新史学》为代表，重新厘定什么是历史。梁启超责备中国传统的史学只写帝王将相，大多未将国民的整体活动写进历史；只注意一家一姓的兴亡，而不注意人民、物产、财力等等。

沈从文凭借自己生命的经验、体悟和真切的感情，追问什么是"真的历史"，"一本历史书除了告我们些另一时代最笨的人相斫相杀以外有些什么？"这个强烈的感受，恰恰呼应了梁启超对旧史学的批判，连文字意象都不约而同："昔人谓

《左传》为相斫书。岂惟《左传》，若二十四史，真可谓地球上空前绝后之一大相斫书也。"而沈从文心之所系，是在这样的历史书写传统之外、被疏忽了若干年代的更广大的平凡人群。在文学写作中，沈从文把满腔的文学热情投射到了绵延如长河的普通人的生死哀乐上；一九四九年正式开始的杂文物研究，已经是非常自觉地把产生物质文化的劳动者群体的大量创造物，置于他研究核心的位置。

沈从文的一生当中有两条河，一条就是汪曾祺所说的，他家乡的那条河，流过他全部的作品；还有一条河，这条河比他家乡的那条河还要长，还要宽，这就是他倾心的历史文化的长河，流过他整个后半生。他爱这条长河。

五、时间胜利的故事

这样讲下去，可以讲很多层次的故事，留待以后吧。最后我想讲，这还是一个时间的故事。

在沈从文漫长的后半生里面，时间是非常的难熬，各种各样的烦恼、屈辱、挫折，要一分钟一分钟去捱，一天一天去捱，要一点一点用自己的努力来对付想得到和想不到的事情，一点一点来做自己的事业。所以那个时间过得非常的慢，

非常的煎熬。我在写这本书的时候，都会觉得是透不过气来、压抑到令人窒息、看不到头的磨人过程。有时候我会有这样一种虚幻的想法：快点写完吧，写完了，书里的人就从时间的磨难里解脱出来了。

可是，沈从文是研究历史的人，研究历史的人心里有另外一个时间，这个时间的跨度和度量的单位非常大，面对古人和文物的时候，他自然而然有千载之下百世之后的感叹；对自己的工作，沈从文常用的时间衡量单位是代，不是一天天计算时间，也不是一年年，而是一代代的。一九四九年，他跟丁玲写信说，我也不要写作了，反正写作有很多年轻人，我要做的是工艺美术史的研究，给下一代留个礼物吧。他对自己要做的事情有这样强烈的自信，要留给下一代。

在此之前，沈从文用差不多的方式表达过这样的对自己文学的强烈信心。一九四八年，他十几岁的儿子读《湘行散记》，他跟儿子说，你看这些文章很年青，等到你长大的时候，这些文章还很年青。他的计算单位是一个人长大了，这些文章还有生命力。这个今天已经验证，不但他的儿子长大了，后来好几代人长大了，二十一世纪我们还会读《湘行散记》。在后半生，他不仅仅对他做的文物研究有这样强烈的自信，对他已经遭受了否定的文学也有这样强烈的自信。这样的自信是建立在对长时段的时间的信心上。在这个时间的

故事里面，有两件事，我愿意讲给大家听，这特别地让我震惊。

一九四九年他自杀以前他留绝笔，写了两章自传，要把自己是一个什么人交代清楚。这两张自传里面有一章叫《一个人的自白》，第一段有这么句话："将来如和我的全部作品同置，或可见出一个'人'的本来。"那是什么样的时候啊，他还想到将来会有那么一天，"和他的全部作品同置"。

过了许多年，我再一次感受到心里的震惊，是从沈从文次子沈虎雏那里看到文章的手稿。一九七五年，整日埋首于杂文物研究里的沈从文，从残存未毁的手稿中发现《一个人的自白》第一页，他郑重托付给忘年交、后半生最信任的王㐨，说："这个放在你处。将来收到我全集里。"王㐨用卡片纸做了保护夹，外面写"沈要"二字，里面用铅笔记了一行："七五年八月十五下午交余：'这个放在你处……'"省略号隐去的，就是那句让我持久震惊的话："将来收到我全集里。"王㐨在衣箱里做了个夹板层，把这页手稿藏在里面。

时间绵延不绝，个体生命从头到尾，在时间的长河中不过是一瞬；但是，一个伟大的个体，却能奋力凿通自己生命的头和尾，既向前延伸也向后延伸，他从在他之前的过去时间里源源不断汲取丰富和支持自己的力量，他把自己的一切安排、托付给在他之后的未来时间。

站在今天的位置，我们会发现，时间的故事，大跨度地计量时间，一代一代地计量时间的这个故事，最终是一个时间胜利的故事。

二〇一四年九月十三日讲

中国当代文学中沈从文传统的回响

——《活着》、《秦腔》、《天香》和这个传统的
不同部分的对话

一、沈从文传统在当代

要说沈从文的文学对当代创作的影响，首先一定会想到汪曾祺，这对师生的传承赓续，不仅是二十世纪中国文学史上难得的佳话，其间脉络的显隐曲折、气象的同异通变，意蕴深厚意味深长，尚待穿过泛泛而论，做深入扎实的探究。这里不谈。

还会想到的是，自上个世纪八十年代沈从文被重新"发现"以来，一些作家怀着惊奇和敬仰，有意识地临摹揣摩，这其中，还包括通过有意识地学汪曾祺而于无意中触到一点点沈从文的，说起来也可以举出一些例子。不过这里出现一

个悖论，就是有意识地去学，未必学得好；毋庸讳言，得其形者多有，得其神者罕见。这里也不谈。

如果眼光略微偏出一点文学，偏到与文学关系密切的电影，可以确证地说，侯孝贤受沈从文影响不可谓小，这一点他本人也多次谈起过；台湾的侯孝贤影响到大陆的贾樟柯，贾樟柯不仅受侯孝贤电影的影响，而且由侯孝贤的电影追到沈从文的文学，从中获得的教益不是枝枝节节，而事关艺术创作的基本性原则。[1] 这一条曲折的路径，描述出来山重水复，柳暗花明。这里也不谈。

这么说来，你就不能不承认有这么一个沈从文的传统在。说有，不仅是说曾经有，更是说，今天还有。沈从文的文学传统不能说多么强大，更谈不上显赫，但历经劫难而不死，还活在今天，活在当下的文学身上，也就不能不感叹它生命力的顽强和持久。这个生命力，还不仅仅是说它自身的生命力，更是说它具有生育、滋养的能力，施之于别的生命。

这篇文章要讨论的三部长篇小说，是二十世纪九十年代迄于今日的文学创作中极具代表性的作品，按照时间顺序，最早的《活着》（1992）已经有二十年的历史，《秦腔》（2005）出现在新世纪第一个十年当中，《天香》（2011）则刚

1　贾樟柯：《侯导，孝贤》，《大方》，第 1 期，十月文艺出版社，2011 年。

问世不久。这三位作家，余华、贾平凹、王安忆，在当代文学中的重要性和影响力自然无需多说；需要说的是，他们三位未必都愿意自己的作品和沈从文的传统扯上关系，事实上也是，他们确实未必有意识地向这个传统致敬，却意外地回应了这个传统、激活了这个传统。有意思的地方也恰恰在这里，不自觉的、不刻意的、甚至是无意识的关联、契合、参与，反倒更能说明问题的意义。这里我不怎么关心"事实性"的联系，虽然这三位不同程度地谈过沈从文，但我不想去做这方面的考辨，即使从未提起也没有多大关系；我更感兴趣的是思想和作品的互相认证。

在此顺便提及，阿来在二〇〇五年到二〇〇八年出版的三册六卷长篇小说《空山》，本来也应该放在这篇文章里一并讨论，《空山》和沈从文文学之间对话关系的密切性，不遑多让；但考虑到涉及的问题多而且深，在有限的篇幅内难以尽言，所以留待以后专文详述。

二、活着，命运，历史，以及如何叙述

《活着》写的是一个叫福贵的人一生的故事，一个普通的中国人在二十世纪的几十年中的苦难。说到这里自然还远远不

够，不论是在二十世纪中国人的经验中，还是在这个世纪的中国文学书写里，苦难触目即是。这部作品有什么大不一样？

在一九九三年写的中文版自序里，余华说："写作过程让我明白，人是为活着本身而活着的，而不是为了活着之外的任何事物所活着。我感到自己写下了高尚的作品。"[1] 一九九六年韩文版自序重复了这句话，并且"解释"了作为一个词语的"活着"和作为一部作品的《活着》："作为一个词语，'活着'在我们中国的语言里充满了力量，它的力量不是来自于喊叫，也不是来自于进攻，而是忍受，去忍受生命赋予我们的责任，去忍受现实给予我们的幸福和苦难、无聊和平庸。作为一部作品，《活着》讲述了一个人和他的命运之间的友情，这是最为感人的友情，因为他们互相感激，同时也互相仇恨；他们谁也无法抛弃对方，同时谁也没有理由抱怨对方。他们活着时一起走在尘土飞扬的道路上，死去时又一起化作雨水和泥土。"[2]

这里至少有两点需要特别提出来讨论：一是，人活着是为了活着本身；二，人和命运之间的关系。

现代中国文学发生之始，即以"人的文学"的理论倡导来反对旧文学，实践新文学。新文学对"人"的发现，又是

---

1 余华：《〈活着〉中文版自序》，《活着》，3 页，上海文艺出版社，2004 年。
2 余华：《〈活着〉中文版自序》，《活着》，4 页。

与现代中国的文化启蒙紧密纠缠在一起的。"人"的发现，一方面是肯定人自身所内含的欲望、要求、权利；另一方面，则是探求和确立人生存的"意义"。也就是说，人为什么活着，成了一个问题。为了解决这个问题，就要找到并且去实践活着的"意义"。这个问题在某些极端的情形下，甚至发展出这样严厉的判断：没有"意义"的生命是没有价值的，是不值得过的。

但是极少有人去追问，这个"意义"是生命自身从内而外产生出来的，还是由外而内强加给一个生命的？更简单一点说，这个"意义"是内在于生命本身的，还是生命之外的某种东西？

不用说，在启蒙的新文化和新文学的审视眼光下，那些蒙昧的民众的生命"意义"，是值得怀疑的。他们好像不知道他们为什么活着，应该怎样活着。新文学作家自觉为启蒙的角色，在他们的"人的文学"中，先觉者、已经完成启蒙或正在接受启蒙过程中的人、蒙昧的人，似乎处在不同的文化等级序列中。特别是蒙昧的人，他们占大多数，他们的状况构成了中国社会文化的基本状况。而这个基本状况是要被新文化改变甚至改造的，蒙昧的民众也就成为文学的文化批判、启蒙、救治的对象，蒙昧的生命等待着被唤醒之后赋予"意义"。

按照这样一个大的文化思路和文学叙事模式来套，沈从

文湘西题材作品里的人物，大多处在"意义"匮乏的、被启蒙的位置。奇异的是沈从文没有跟从这个模式。他似乎颠倒了启蒙和被启蒙的关系，他的作品的叙述者，和作品中的人物比较起来，并没有处在优越的位置上，相反这个叙述者却常常从那些愚夫愚妇身上受到"感动"和"教育"。而沈从文作品的叙述者，常常又是与作者统一的，或者就是同一个人。从这个对比来看沈从文的文学，或许我们可以理解沈从文私下里的自负。什么自负呢？一九三四年初他在回故乡的路上，给妻子写信说：

> 这种河街我见得太多了，它告我许多知识，我大部提到水上的文章，是从河街认识人物的。我爱这种地方、这些人物。他们生活的单纯，使我永远有点忧郁。我同他们那么"熟"——一个中国人对他们发生特别兴味，我以为我可以算第一位！……我多爱他们，五四以来用他们作对象我还是唯一的一人！[1]

"五四以来"以普通民众为对象来写作，沈从文当然不是

1　沈从文：《湘行书简·河街想象》，《沈从文全集》，第 11 卷，132 - 133 页，北岳文艺出版社，2002 年。

"唯一的一人"，也不是"第一位"，但沈从文之所以要这样说，是因为那种"特别兴味"，是因为他们出现在文学中的"样子"：当这些人出现在沈从文笔下的时候，他们不是作为愚昧落后中国的代表和象征而无言地承受着"现代性"的批判，他们是以未经"现代"洗礼的面貌，呈现着他们自然自在的生活和人性。这种自然自在的生活和人性，不需要外在的"意义"加以评判。

特别有意思的是，即使在沈从文身上，有时也会产生疑惑。还以他那次返乡之行为例，一九三四年一月十八日，他看着自己所乘小船上的水手，想："这人为什么而活下去？他想不想过为什么活下去这件事？"继而又想，"我这十天来所见到的人，似乎皆并不想起这种事情。城市中读书人也似乎不大想到过。可是，一个人不想到这一点，还能好好生存下去，很希奇的。三三，一切生存皆为了生存，必有所爱方可生存下去。多数人爱点钱，爱吃点好东西，皆可以从从容容活下去。这种多数人真是为生而生的。但少数人呢，却看得远一点。为民族为人类而生。这种少数人常常为一个民族的代表，生命放光，为的是他会凝聚精力使生命放光！我们皆应当莫自弃，也应当得把自己凝聚起来！"[1] 多数人不追问

---

1 沈从文：《湘行书简·横石和九溪》，《沈从文全集》，第 11 卷，184－185 页。

生命的意义而活着，少数人因为自觉而为民族的代表，使生命放光，这是典型的五四新文化的思维和眼光。

戏剧性的是，当天下午，沈从文就否定了自己中午时候的疑问。这个时候的沈从文，站在船上看水，也仿佛照见了本真的自己：

　　我们平时不是读历史吗？一本历史书除了告我们些另一时代最笨的人相斫相杀以外有些什么？但真的历史却是一条河。从那日夜长流千古不变的水里石头和砂子，腐了的草木，破烂的船板，使我触着平时我们所疏忽了若干年代若干人类的哀乐！我看到小小渔船，载了它的黑色鸬鹚向下流缓缓划去，看到石滩上拉船人的姿势，我皆异常感动且异常爱他们。我先前一时不还提到过这些人可怜的生，无所为的生吗？不，三三，我错了。这些人不需要我们来可怜，我们应当来尊敬来爱。他们那么庄严忠实的生，却在自然上各担负自己那分命运，为自己，为儿女而活下去。不管怎么样，却从不逃避为了活而应有的一切努力。他们在他们那习惯生活里、命运里，也依然是哭、笑、吃、喝，对于寒暑的来临，更感觉到这四时交递的严重。三三，我不知为

106

什么，我感动得很！我希望活得长一点，同时把生活完全发展到我自己这份工作上来。我会用我自己的力量，为所谓人生，解释得比任何人皆庄严些与透入些！[1]

当余华说"我感到自己写下了高尚的作品"的时候，他触到了与沈从文把那些水手的生存和生命表述为"那么庄严忠实的生"时相通的朴素感情。福贵和湘西的水手其实是一样的人，不追问活着之外的"意义"而活着，忠实于活着本身而使生存和生命自显庄严。

余华敢用"高尚"这样的词，像沈从文敢用"庄严忠实"一样，都指向了这种普通人的生存和命运之间的关系。余华说的是"去忍受生命赋予我们的责任""和命运之间的友情"；沈从文说的是"在自然上各担负自己那分命运""从不逃避为了活而应有的一切努力"。对于活着来说，命运即是责任。而在坦然承受命运的生存中，福贵和湘西的愚夫愚妇一样显示出了力量和尊严，因为承担即是力量，承担即是尊严。正是这样的与命运之间的关系，才让我们感受到了温暖——那种动荡里的、苦难里的温暖，那种平凡里的、人伦里的温暖，

---

1 沈从文：《湘行书简·历史是一条河》，《沈从文全集》，第 11 卷，188 - 189 页。

最终都融合成为文学的温暖。

他们活得狭隘吗？余华说："我知道福贵的一生窄如手掌，可是我不知道是否也宽若大地？"[1] 而沈从文则以"真的历史"的彻悟，来解释这些普通人的生死哀乐。在这个地方，他们再次相遇。

福贵的一生穿过了二十世纪中国的几个重大历史时期，我们根据重大的历史事件为这些时期的命名早就变成了历史书写和文学叙述中的日常词语，这些命名的词语被反复、大量地使用，以至于这些词语似乎就可以代替它们所指称的历史。细心的读者也许会注意到，《活着》极少使用这样的专用历史名词，即使使用（如"人民公社""文化大革命"）也是把它当成叙述的元素，在叙述中和其他元素交织并用，并不以为它们比其他的元素更能指称历史的实际，更不要说代替对于历史的描述。简捷地说，余华对通常所谓的历史、历史分期、历史书写并不感兴趣，他心思所系，是一个普通人怎么样活过了、熬过了几十年。而在沈从文看来，恰恰是普通人的生存和命运，才构成"真的历史"，在通常的历史书写之外的普通人的哭、笑、吃、喝，远比英雄将相之类的大人物、王朝更迭之类的大事件，更能代表久远恒常的传统和存在。

1　余华:《〈活着〉日文版自序》,《活着》,9页。

如果说余华和沈从文都写了历史，他们写的都是通常的历史书写之外的人的历史。这也正是文学应该承担的责任。如果说文学比历史更真实，也正可以从这一点上来理解。

关于《活着》，还有一个重要的问题，即它的叙述。曾经有意大利的中学生问余华：为什么《活着》讲的是生活而不是幸存？生活和幸存之间轻微的分界在哪里？余华回答："《活着》中的福贵虽然历经苦难，但是他是在讲述自己的故事。我用的是第一人称的叙述，福贵的叙述不需要别人的看法，只需要他自己的感受，所以他讲述的是生活。如果用第三人称来叙述，如果有了旁人的看法，那么福贵在读者的眼中就会是一个苦难中的幸存者。"[1] 也就是说，如果福贵的故事由一个福贵之外的叙述者来讲，那么就会有这个外在的叙述者的眼光、立场和评判。如前所述，五四以来的新文学里的普通民众，通常是由一个外在的叙述者来塑造的，这个叙述者又通常是"高于"、优越于他所叙述的人物，他打量着、甚至是审视着他笔下的芸芸众生。余华用第一人称的叙述避开了这种外在的眼光。看起来人称的选择不过是个技巧的问题，其实却决定了作品的核心品质，决定了对生存、命运的基本态度。作家在写作时不一定有如此清晰、明确的意识，但一个优秀

---

1 余华：《〈活着〉日文版自序》，《活着》，6页。

作家在写作过程中出现的极其细微的敏感，却可能强烈地暗示着某些重要、甚至是核心的东西。所以，当我看到余华在《活着》问世十五年之后，还记忆犹新地谈起当初写作过程中的苦恼及其解决方式，我想，这还真不仅仅是个叙述人称转换的技术问题。这段话出现在麦田纪念版自序中："最初的时候我是用旁观者的角度来写作福贵的一生，可是困难重重，我的写作难以为继；有一天我突然从第一人称的角度出发，让福贵出来讲述自己的生活，于是奇迹出现了，同样的构思，用第三人称的方式写作时无法前进，用第一人称的方式写作后竟然没有任何阻挡，我十分顺利地写完了《活着》。"[1]

对余华意义非同一般的人称问题，在沈从文那里不是问题，沈从文用第三人称，但他的第三人称叙述者基本上认同他笔下的人物，不取外在的审视的角度。在这一点上，他们以不同的方式走到了相同的地方。

三、个人的实感经验，乡土衰败的趋势，没有写出来的部分

沈从文的创作在抗战爆发前后发生了明显的变化，从三

1　余华：《〈活着〉新版自序》，《活着》，2 页，台北：麦田出版，2007 年。

十年代中后期到四十年代结束，这个阶段的沈从文苦恼重重，他的感受、思想、创作与混乱的现实粘连纠结得厉害，深陷迷茫痛苦而不能自拔。期间创作的长篇小说《长河》，写的还是湘西乡土，可那已经是一个变动扭曲的"边城"，一个风雨欲来、即将失落的"边城"。

如果我把九十年代作为贾平凹创作的分界点的话，我的意思主要是指，在此之前的贾平凹固然已经树立起非常独特的个人风格，独特的取径、观察、感受、表达使他在八十年代的文学中卓然成家，但我还是要说，这种独特性仍然分享了那个时代共同的情绪、观念、思想和渴望。这不是批评，在那个"共名""共鸣"的时代，差不多每个人都在分享着时代强烈的节奏和恢弘的旋律。自九十年代起，贾平凹大变，变的核心脉络是，他从一个时代潮流、理念的分享者的位置上抽身而出，携一己微弱之躯，独往社会颓坏的大苦闷中而去。于是有惊世骇俗的《废都》，在新世纪又有悲怀不已的《秦腔》和不堪回首却终必直面暴虐血腥的《古炉》。在这个时候再谈贾平凹的独特性和个人风格，与前期已经是不同的概念，放弃了共享的基础，个人更是个人；另一方面，这个更加个人化的个人却更深入、更细致、更尖锐也更痛切地探触到了时代和社会的内部区域，也就是说，更加个人化的个人反而更加时代化和社会化，与时代和社会的关系更加密不

可分，时代和社会无从言说的苦闷和痛苦，要借着这个个人的表达，略微得以疏泄。

这里讨论的《秦腔》，写的是贾平凹的故乡，一个小说里叫清风街实际原型是棣花街的村镇。写的是两个世纪之交大约一年时间里的家长里短、鸡毛蒜皮、悲欢生死，呈现出来的却是九十年代以来当代乡土社会衰败、崩溃的大趋势。这个由盛而衰的乡土变化趋势，在贾平凹那里，是有些始料未及的。他在后记里回忆起曾经有过的另一番景象和日子："一九七九年到一九八九年的十年里，故乡的消息总是让我振奋，""那些年是乡亲们最快活的岁月，他们在重新分来的土地上精心务弄，冬天的月夜下，常常还有人在地里忙活，田埂上放着旱烟匣子和收音机，收音机里声嘶力竭地吼秦腔。"[1]此一时期贾平凹的作品，也呼应着这种清新的、明朗的、向上的气息。但是好景不长，棣花街很快就"度过了它短暂的欣欣向荣岁月。这里没有矿藏，没有工业，有限的土地在极度发挥了它的潜力后，粮食产量不再提高，而化肥、农药、种子以及各种各样的税费迅速上涨，农村又成了一切社会压力的泄洪池。体制对治理发生了松弛，旧的东西稀里哗啦地没了，像泼去的水，新的东西迟迟没再来，来了也抓不住，

---

1 贾平凹：《〈秦腔〉后记》，《秦腔》，560 页，作家出版社，2005 年。

四面八方的风方向不定地吹，农民是一群鸡，羽毛翻皱，脚步趔趄，无所适从，他们无法再守住土地，他们一步一步从土地上出走，虽然他们是土命，把树和草拔起来又抖净了根须上的土栽在哪儿都是难活"。人老的老，死的死，外出的外出，竟至于"死了人都熬煎抬不到坟里去"。"我站在街巷的石磙子碾盘前，想，难道棣花街上我的亲人、熟人就这么很快地要消失吗？这条老街很快就要消失吗？土地也从此要消失吗？真的是在城市化，而农村能真正地消失吗？如果消失不了，那又该怎么办？"他能做的，不过是以一本书，"为故乡树起一块碑子。"[1]

这样复杂的心路和伤痛的情感，沈从文在三四十年代已经经历过。他在《边城》还未写完的时候返回家乡探望病重的母亲，这是他离乡十几年后第一次回乡，所闻所见已经不是他记忆、想象里的风貌，不是他正在写作的《边城》的景象。所以他在《〈边城〉题记》的末尾，预告似的说："将在另外一个作品里，来提到二十年来的内战，使一些首当其冲的农民，性格灵魂被大力所压，失去了原来的朴质，勤俭，和平，正直的型范以后，成了一个什么样子的新东西。他们受横征暴敛以及鸦片烟的毒害，变成了如何穷困与懒惰！我

---

1 贾平凹：《〈秦腔〉后记》，《秦腔》，561页，562页，563页。

将把这个民族为历史所带走向一个不可知的命运中前进时，一些小人物在变动中的忧患，与由于营养不足所产生的'活下去'以及'怎样活下去'的观念和欲望，来作朴素的叙述。"[1] 抗战全面爆发后，南下途中，沈从文再次返乡，短暂的家乡生活，促生了《长河》。

《长河》酝酿已久，写作起来却不顺利。一九三八年在昆明开始动笔时，只是一个中篇的构思，写作过程中发现这个篇幅容纳不了变动时代的历史含量，就打算写成多卷本的长篇，曾经预计三十万字。但直到一九四五年出版之时，只完成了第一卷。沈从文带着对变动中的历史的悲哀来写现实的故乡，曾有身心几近崩溃的时候，如鲠在喉，不吐不快，却又欲言又止，不忍之心时时作痛。虽然沈从文最终不忍把故乡命运的结局写出来，但这个命运的趋势已经昭然在目，无边的威胁和危险正一步一步地围拢而来。尽管压抑着，沈从文也不能不产生后来贾平凹那样的疑问：故乡就要消失了吗？他借作品中少女夭夭和老水手的对话，含蓄然而却是肯定了这种趋势的不可挽回。夭夭说："好看的都应当长远存在。"老水手叹气道："依我看，好看的总不会长久。"[2]

《长河》是一首故乡的挽歌，沈从文不忍唱完；贾平凹比

1　沈从文：《〈边城〉题记》，《沈从文全集》，第 8 卷，59 页。
2　沈从文：《长河·社戏》，《沈从文全集》，第 10 卷，167 页，169 页。

沈从文心硬，他走过沈从文走过的路，又继续往前走，直到为故乡竖起一块碑，碑上刻画得密密麻麻，仔仔细细。

读《秦腔》而想到《长河》，并非是我个人的任意联系，也不是出于某种偏爱的附会。陈思和在《试论〈秦腔〉的现实主义艺术》一文中已经有所提示，挑明"贾平凹从某种意义上说是沈从文的重复和延续"[1]；王德威在论述《古炉》时也勾勒了贾平凹从早期到如今的一种变化：逸出汪曾祺、孙犁所示范的脉络，"从沈从文中期沉郁顿挫的转折点上找寻对话资源。这样的选择不仅是形式的再创造，也再一次重现当年沈从文面对以及叙述历史的两难。"[2] 王德威说的是《古炉》，其实也适用于《秦腔》。要以我的感受来说，《秦腔》呼应了《长河》写出来的部分和虽然未写但已经呼之欲出的部分；《古炉》则干脆从《长河》停住的地方继续往下写，呼应的是《长河》没有写出来的部分。

虽然说《秦腔》已经是事无巨细，千言万语，但对乡土的衰败仍然有没说出、说不出的东西，没说出、说不出的东西不是无，而是有，用批评家李敬泽的话来说是"巨大的沉默的层面"。这个沉默层也可以对应于沈从文在《长河》里没

---

1 陈思和：《试论〈秦腔〉的现实主义艺术》，《当代小说阅读五种》，92 页，复旦大学出版社，2010 年。
2 王德威：《暴力叙事与抒情风格》，《南方文坛》，2011 年第 4 期。

说出、说不出、不忍说的东西。《长河》这部没有完成的作品的沉重分量，是由它写出的部分和没有写出的部分共同构成的。

《秦腔》的写法是流水账式的，叙述是网状的，交错着、纠缠着推进，不是一目了然的线性的情节发展结构。它模仿了日常生活发生的形式，拉杂，绵密，头绪多，似断还连。"这样的叙述，本身便抗拒着对之进行简单的情节抽绎与概括。"[1] 同时也抗拒着理念性的归纳、分析和升华。这样的叙述是压低的，压低在饱满的实感经验之中，匍匐着前行，绝不是昂首阔步，也绝不轻易地让它高出实感经验去构思情节的发展和冲突、塑造人物的性格和形象、获取理念的把握和总结。没有这些常见的小说所努力追求的东西，有的是，实感经验。我重复使用实感经验这个词，是想强调《秦腔》的质地中最根本的因素；不仅如此，我还认为，中年以后的贾平凹的创作，其中重要的作品《废都》《秦腔》《古炉》，都是以实感经验为核心、以实感经验排斥理论、观念、社会主流思潮而做的切身的个人叙述。[2]

黄永玉谈《长河》，说的是一个湘西人读懂了文字背后作

1　刘志荣：《缓慢的流水，惶恐的挽歌》，《文学评论》，2006 年第 2 期。
2　关于实感经验与文学的关系，这里不做论述，可以参见张新颖、刘志荣：《实感经验与文学形式》，复旦大学出版社，2012 年。

家心思的话："我让《长河》深深地吸引住的是从文表叔文体中酝酿着新的变格。他排除精挑细选的人物和情节。他写小说不再光是为了有教养的外省人和文字、文体行家甚至他聪明的学生了。他发现这是他与故乡父老子弟秉烛夜谈的第一本知心的书。"[1]《秦腔》亦可如是观。倘若从那一堆鸡零狗碎的"泼烦日子"的长篇叙述里还不能深切体会作家的心思，那就再读读更加朴素的《秦腔》后记，看看蕴藏在实感经验中的感受是如何诉之于言，又如何不能诉之于言。

四、物的通观，文学和历史的通感，"抽象的抒情"

沈从文的文学创作因历史的巨大转折戛然而止，他的后半生以文物研究另辟安身立命的领域，成就了另一番事业。通常的述说把沈从文的一生断然分成了两半，有其道理，也有其不见不明之处。在这里我要说的一点是，沈从文的文物研究和他的文学创作其实相通。

沈从文强调他研究的是物质文化史，他强调他的物质文化史关注的是千百年来普通人民在日常生活中的劳动和创造，

---

1 黄永玉：《这一些忧郁的碎屑》，《沈从文印象》，203 页，孙冰编，学林出版社，1997 年。

他钟情的是与百姓日用密切相关的工艺器物。不妨简单罗列一下他的一些专门性研究：玉工艺、陶瓷、漆器及螺钿工艺、狮子艺术、唐宋铜镜、扇子应用进展、中国丝绸图案、织绣染缬与服饰、《红楼梦》衣物、龙凤艺术、马的艺术和装备等等；当然还有《中国古代服饰研究》这一代表性巨著。你看他感兴趣的东西，和他的文学书写兴发的对象，在性质上是统一的、通联的。这还只是一层意思。

另一层意思，沈从文长年累月在历史博物馆灰扑扑的库房中转悠，很多人以为是和"无生命"的东西打交道，枯燥无味；其实每一件文物，都保存着丰富的信息，打开这些信息，就有可能会看到生动活泼的生命之态。汪曾祺曾说："他后来'改行'搞文物研究，乐此不疲，每日孜孜，一坐下去就是十几个小时，也跟这点诗人气质有关。他搞的那些东西，陶瓷、漆器、丝绸、服饰，都是'物'，但是他看到的是人，人的聪明，人的创造，人的艺术爱美心和坚持不懈的劳动。他说起这些东西时那样兴奋激动，赞叹不已，样子真是非常天真。他搞的文物工作，我真想给它起一个名字，叫做'抒情考古学'。"[1] 也就是说，物通人，从物看到了人，从林林总总的"杂文物"里看到了普通平凡的人，通于他的文学里

---

1 汪曾祺：《沈从文的寂寞》，《晚翠文谈新编》，191 页，生活·读书·新知三联书店，2002 年。

的人。

还有一层意思，关于历史。文物和文物，不是一个个孤立的东西，它们各自保存的信息打开之后能够连接、交流、沟通、融会，最终汇合成历史文化的长河，显现人类劳动、智慧和创造能量的生生不息。工艺器物所构成的物质文化史，正是由一代又一代普普通通的无名者相接相续而成。而在沈从文看来，这样的历史，才是"真的历史"。前面我引述了沈从文一九三四年在家乡河流上感悟历史的一段文字，那种文学化的表述，那样的眼光和思路，到后半生竟然落实到了对于物的实证研究中。

沈从文的文物研究与此前的文学创作自有其贯通的脉络，实打实的学术研究背后，蕴蓄着强烈的"抽象的抒情"冲动：缘"物"抒情，文心犹在。

明白了这一点之后，我把王安忆的《天香》看成是与沈从文的文物研究的基本精神进行对话的作品，应该就不会显得特别突兀了。

《天香》的中心是物，以上海的顾绣为原型的"天香园绣"。一物之微，何以支撑一部长篇的体量？这就得看对物的选择，对物表、物性、物理的认识，对物的创造者和创造行为的理解和想象，对物自身的发展历史和物的历史所关联的社会、时代的气象的把握，尤有甚者，对一物之兴关乎天地

造化的感知。

此前我曾写《一物之通，生机处处》[1] 专文讨论《天香》，提出"天香园绣"的几个"通"所连接、结合的几个层次。

一是自身的上下通。"天香园绣"本质上是工艺品，能上能下。向上是艺术，发展到极处是罕见天才的至高的艺术；向下是实用、日用，与百姓生活相连，与民间生计相关。这样的上下通，就连接起不同层面的世界。还不仅如此，"天香园绣"起自民间，经过闺阁向上提升精进，达到出神入化、天下绝品的境地，又从至高的精尖处回落，流出天香园，流向轰轰烈烈的世俗民间，回到民间，完成了一个循环，更把自身的命运推向广阔的生机之中。

二是通性格人心。天工开物，假借人手，所以物中有人，有人的性格、遭遇、修养、技巧、慧心、神思。这些因素综合外化，变成有形的物。"天香园绣"的里外通，连接起与各种人事、各色人生的关系。"天香园绣"的历史，也即三代女性创造它的历史，同时也是三代女性的寂寞心史，一物之产生、发展和流变，积聚、融通了多少生命的丰富信息。

还有一通，是与时势通，与"气数"通，与历史的大逻

1　张新颖：《一物之通，生机处处》，《当代作家评论》，2011 年第 4 期。

辑通。"顾绣"产生于晚明，王安忆说："一旦去了解，却发现那个时代里，样样件件都似乎是为这故事准备的。比如，《天工开物》就是在明代完成的，这可说是一个象征性的事件，象征人对生产技术的认识与掌握已进步到自觉的阶段，这又帮助我理解'顾绣'这一件出品里的含义。"[1] 这不过是"样样件件"的一例，凡此种种，浑成大势与"气数"，"天香园绣"也是顺了、应了、通了这样的大势和"气数"。"天香园绣"能逆申家的衰势而兴，不只是闺阁中几个女性的个人才艺和能力，也与这个"更大的气数"——"天香园"外头那种"从四面八方合拢而来"的时势与历史的伟力——息息相关。放长放宽视界，就能清楚地看到，这"气数"和伟力，把一个几近荒蛮之地造就成了一个繁华鼎沸的上海。

"天香园绣"的历史，也就是沈从文所投身其中的物质文化史的一支一脉，沈从文以这样的蕴藏着普通人生命信息的历史为他心目中"真的历史"，庄敬深切地叙述这种历史如长河般不止不息的悠久流程；相通的感受和理解，同样支持着王安忆写出"天香园绣"自身的曲折、力量和生机，"天香园"颓败了又何妨，就是明朝灭亡了又如何。一家一族、一朝一姓，有时而尽；而"另外一些生死两寂寞的人"，以文

---

1 王安忆、钟红明：《访问〈天香〉》，《上海文学》，2011 年第 3 期。

字、以工艺、以器物保留下来的东西，却成了"连接历史沟通人我的工具。因之历史如相连续，为时空所阻隔的感情，千载之下百世之后还如相晤对"。[1]《天香》最后写到清康熙六年，蕙兰绣幔中出品一幅绣字，"字字如莲，莲开遍地。"[2]

"莲开遍地"，深蕴，阔大，生机盎然，以此收尾，既是收，也是放，收得住，又放得开，而境界全出。但其来路，也即历史，却是从无到有，一步一步走来，步步上出，见出有情生命的庄严。

王安忆也许无意，但读者不妨有心，来看看"莲"这个词，怎么从物象变成意象，又怎么从普通的意象变成托境界而出的中心意象。小说开篇写造园，园成之时，已过栽莲季节，年轻的柯海荒唐使性，从四方车载人拉，造出"一夜莲花"的奇闻；这样的莲花，不过就是莲花而已；柯海的父亲夜宴宾客，先自制蜡烛，烛内嵌入花蕊，放置在荷花芯子里，点亮莲池内一朵朵荷花，立时香云缭绕，是为"香云海"。"香云海"似乎比"一夜莲花"上品，但其实还是柯海妻子小绸说得透彻，不过是靠银子堆砌。略去中间多处写莲的地方不述，小说末卷，蕙兰丧夫之后，绣素不绣艳，于是绣字，绣的是开"天香园绣"绣画新境的婶婶希昭所临董其昌行书

---

1 沈从文：《致张兆和》（1952年1月24日），《沈从文全集》，第19卷，311页。
2 王安忆：《天香》，407页，人民文学出版社，2011年。

《昼锦堂记》。《昼锦堂记》是欧阳修的名文，书法名家笔墨相就，代不乏人，董其昌行书是其中之一。蕙兰绣希昭临的字："那数百个字，每一字有多少笔，每一笔又需多少针，每一针在其中只可说是沧海一粟。蕙兰却觉着一股喜悦，好像无尽的岁月都变成有形，可一日一日收进怀中，于是，满心踏实。"[1] 后来蕙兰设帐授徒，渐成规矩，每学成后，便绣数字，代代相接，终绣成全文。四百八十八字"字字如莲"的"莲"就是意象，以意生象，以象达意。但我还要说，紧接着的"莲开遍地"的"莲"是更上一层的意象，"字字如莲"还有"字"和"莲"的对应，"莲开遍地"的"莲"却是有这个对应而又大大超出了这个对应，升华幻化，充盈弥散，而又凝聚结晶一般的实实在在。三十多万字的行文连绵逶迤，至此而止，告成大功。

所以，如《董其昌行书昼锦堂记屏》这样的绣品，是时日所积、人文所化、有情所寄等等综合多种因素逐渐形成，这当中包含了多少内容，需要历史研究、也同样需要文学想象去发现，去阐明，去体会于心、形之于文。

《中国古代服饰研究》以实物图像为依据，按照时间顺序叙述探讨服饰的历史。在引言中，沈从文有意无意以文学来

---

1 王安忆：《天香》，327 页。

说他的学术著作："总的看来虽具有一个长篇小说的规模，内容却近似风格不一、分章叙事的散文。"[1] 这还不仅仅泄露了沈从文对文学始终不能忘情，更表明，历史学者和文学家，学术研究和文学叙述，本来也并非壁垒森严，截然分明。

王安忆的作品不是关于"顾绣"的考古学著作，而是叙述"天香园绣"的虚构性小说，但虚构以实有打底，王安忆自然要做足实打实的历史功课。古典文学学者赵昌平撰文谈《天香》，说："因着古籍整理的训练，我粗粗留意了一下小说的资料来源，估计所涉旧籍不下三百之数。除作为一般修养的四部要籍外，尤可瞩目的是：由宋及明多种野史杂史，人怪科农各式笔记专著，文房针绣诸多专史谱录，府县山寺种种地乘方志，至于诗话词话，书史画史，花木虫鱼，清言清供，则触处可见；而于正史，常人不会留意的专志，如地理、河渠，选举、职官，乃至食货、五行，都有涉猎。"[2] 没有这种长时间（王安忆从留意"顾绣"到写出《天香》，其间三十年）的工夫，仅凭虚构的才情，要进入历史，难乎其难。

但我更要说，虚实相生，生生不已，才是《天香》。"天香园绣"有所本而不死于其所本，王安忆创造性地赋予了它

---

1 沈从文：《〈中国古代服饰研究〉引言》，《中国古代服饰研究》，10 页，上海书店出版社，2002 年。
2 赵昌平：《天香·史感·诗境》，《文汇报》"笔会"版，2011 年 5 月 3 日。

活的生命和一个生命必然要经历的时空过程，起承转合，终有大成。

写这部作品的王安忆和研究物质文化史的沈从文，在取径、感知、方法诸多方面有大的相通。王安忆不喜欢"新文艺腔"的"抒情"方式和做派，但"天香园绣"的通性格人心、关时运气数、法天地造化，何尝不是沈从文心目中的"抽象的抒情"；赵昌平推崇这部小说的"史感"和"诗境"，也正是沈从文心目中"抽象的抒情"的应有之义。

五、回响：小叩小鸣，大叩大鸣

当代创作和沈从文传统的呼应、对话，无论自觉还是不自觉，已经渐显气象。丝毫不用担心这个传统会妨碍今日作家的创造才能的充分发挥，即以上面所论余华、贾平凹、王安忆而言，他们作品的各自独特的品质朗然在目，当然不可能以沈从文的传统来解释其全部的特征；但各自的创造性也并不妨碍这些作品与沈从文传统的通、续、连、接，甚至也并不妨碍它们就是这个传统绵延流传的一部分，为这个传统继往开来增添新的活力。

沈从文无法读到这些他身后出现的作品，但他坚信他自

己的文学的生命力会延续到将来。六十多年前，他曾经和年少的儿子谈起十四年前出版的《湘行散记》，他说："这书里有些文章很年青，到你成大人时，它还像很年青！"[1] 时间证明了他的自信并非虚妄。他用"年青"这个词来说自己的作品，而且过了很长时间还"很年青"，已然知道它们会在未来继续存在，并且散发能量。岁月没有磨灭、摧毁它们，经过考验、淘洗，反而更显示出内蕴丰厚的品质，传统也就形成。倘若有人有意无意间触碰到这个传统，就会发出回响。这回响的大小，取决于现在和未来的方式与力量：小叩则小鸣，大叩则大鸣。

二〇一一年七月十一日

1　沈从文：《致张兆和》（1948 年 7 月 30 日），《沈从文全集》，第 18 卷，505 页。

"剪辑"成诗：沈从文的这些时刻

后面这几首诗，不是我的"创作"，它的真正作者是沈从文，虽然沈从文没有有意识地写成诗的形式。

沈从文不以诗名，却从开始创作时即写诗，在大学课堂上讲新诗，发表系列的诗人诗作评论。特别值得注意的是，一九四九年精神崩溃之后的恢复过程中，他把特定时期的身心状态写成三首极长的诗篇，既是自我分析、抒发，也是借以自我疗救的形式。由此可见他的生命与诗的深刻关联。六七十年代，沈从文又写了大量的古体诗，一度把这种写作当作自己的"第三次改业"。如何认识和评价沈从文的诗创作，还是一个有待讨论的问题。

但我在这里"发现"的是另一种诗。在沈从文的散文、日记、书信中，在他无意写诗的时候，诗也可能出现在他笔

下的文字里，甚至出现在他非常没有诗意的生命磨难里。

我从不是诗的文字中"发现"了诗，再做些具体的工作，就是"剪辑"，把隐伏的诗以诗的形式直接呈现出来。

当然，我自以为是的"发现"和"剪辑"，也是一种叙述、阐释和理解，对沈从文的叙述、阐释和理解，对沈从文一生中的这些时刻的叙述、阐释和理解。我要把这些时刻从时间的漫漫长流中挑出来，我要让这些时刻从经验的纷繁芜杂中跳出来，诗是一种形式，更是一种力量。

这些时刻，是诗的时刻。然而我不会把这些时刻孤立出来理解，它们不是一个个孤立的时间的点，而是各种因素交汇集中的点，打开这些点，就有可能打开多种面向的通路，通过它们来感触和理解一个生命的整体，一个生命的历史和将来。

翠翠，在杜鹃声中想起我

民十随部队入川　由茶峒过路
开拔日微雨　闻杜鹃声极悲哀

民二十二至青岛崂山北九水
路上见村中有死者家人报庙行列

一小女孩奉灵幡引路
当时即向面前的朋友许下愿心
我懂得这个有丧事女孩子的欢乐和痛苦
正和懂得你的纯厚与爱好一样多一样深
我要把她的不幸　和你的善良结合起来
用一个故事重现

民二十三年初返湘
过了柏子的小河　就快要到翠翠的家乡了
泸溪城街上的绒线铺
十七年前铺柜里站着叫翠翠的女孩
两手反复交换动作挽棉线
目前所见到的　竟然还是那么一个样子
当真回到过去了吗
辫发上缠得一绺白绒线　她的妈妈死了
我被时间意识猛烈地捆了一巴掌
我不应当翻阅历史　温习历史

一面让细碎阳光晒在纸上
一面将我受压抑的梦写在纸上

书中人与个人生命成一希奇结合

俨若可以不死

三十八年五月卅下十点北平宿舍

夜静得离奇

端午快来了　家乡中一定是还有龙船下河

翠翠　翠翠　你是在一零四小房间中酣睡

还是在杜鹃声中想起我

在我死去以后还想起我

翠翠　三三　我难道又疯狂了

很奇怪　为什么夜中那么静

想不出我是谁

原来那个我在什么地方去了呢

后记

此篇"剪辑"的文章包括：沈从文一九四八年即将告别文学创作时为《边城》写的《新题记》，生前没有发表过；长篇散文《水云》；未完自传中的一章《关于西南漆器及其他》，生前也没有发表；《湘行书简》和《湘行散记》；一九四九年五月的一则日记。

一九三四年出版的《边城》是沈从文最受喜爱的作品，翠翠是最受喜爱的形象，但沈从文却说："可是没有一个人知道我是在什么感情下写成这个作品，也不大明白我写它的意义……完全得不到我如何用这个故事填补过去生命中一点哀乐的原因。"（《水云》）

触发我"剪辑"这首诗的最大动因是，沈从文在一九四九年精神"失常"最想不清楚自己的时候，在最孤立无告的时刻，他想到了翠翠，他像在和翠翠说话，一声接着一声地呼喊着翠翠。也许他"混淆"了文学虚构和生活现实，可是这样的"混淆"，不也正透露出，他和他的文学之间的关系，紧密程度竟至于血肉相连、生死牵记。

二〇一一年八月三十日

绿百合

有什么人能用绿竹作弓矢

射入云空

永不落下

我之想象　犹如长箭

去碧蓝而明净之广大虚空

从此云空中　　读示一小文

有微叹与沉默　色与香　爱和怨

无著者　无年月　无故事

虚空静寂　读者灵魂中如有音乐

虚空明蓝　读者灵魂上光明净洁

夜梦极可怪

见一淡绿百合

颈弱花柔

花身略有斑点青渍

倚立门边微微摇动

在不可知地方有极熟悉的声音在招呼

有一粒星子在花中

伸手触之

花微抖　如有所怯

亦复微笑　如有所恃

轻轻摇触花柄　花蒂　花瓣

几片叶子落了

如闻叹息　低而分明

雷雨刚过
醒来后闻远处有狗吠
吠声如豹

山谷中应当有白中微带浅蓝色的百合
花粉作黄色　小叶如翠珰
无语如语

后记

此篇"剪辑"自沈从文的《生命》，写于昆明，收于一九四一年出版的《烛虚》集。

文中说："我正在发疯。为抽象而发疯。我看到一些符号，一片形，一把线，一种无声的音乐，无文字的诗歌。我看到生命一种最完整的形式，这一切都在抽象中好好存在，在事实面前反而消灭。"

文中叙述梦醒后将经过记下，仿佛完成了一件艺术品，"精美如瓷器，素朴如竹器"。随后却焚毁了那个稿件，因为"不想将这个完美诗篇，被伪君子与无性感的女子眼目所污

渎"。这份谨慎和顾虑，事后证明不但不是多余，而是不够，到一九四八年，郭沫若就在《斥反动文艺》一文中因这一类文字（主要有小说《看虹录》《摘星录》等）把沈从文称为"桃红小生"。

写《生命》时沈从文当然料想不到后来的事，他焚了那个稿件，却显然心有不甘，所以文末又说："法郎士曾写一《红百合》故事，述爱欲在生命中所占地位，所有形式，以及其细微变化。我想写一《绿百合》，用形式表现意象。"因此我为这首"剪辑"出的诗取题《绿百合》。

二〇一一年八月十七日

豆彩碗

一九五〇年八月八日，沈从文在家中
因一只豆彩碗而感触生发。

向日葵枝干已高过屋檐，低下头在看脚前的
天冬草，茑萝，薄荷叶，无花果
天冬草开了一串小白花
茑萝小小红花带点羞羞怯怯神情，从叶片间举起

薄荷叶必需用手揉碎，香味才能解放出来

无花果还没有果子

雨已止息。天空如汝窑淡青

一个一个房间走去，大小家具重现

消失于过去时间里的笑语

一些天真稚气的梦

肯定一个人的存在

可是这时节这一些东东西西

对于我竟如同毫不相干

书架上那个豆彩碗

十五年前从后门得来

美秀，温雅，成熟，完整，稚弱中见健康

制碗人被压抑受转化的无比柔情

如此不可解的离奇

十五年，炮火和饥饿，恐怖，疲劳

那么一个小碗

由北而南，在昆明过了八年

由南而东，过苏州住了三年

又由苏州转北京，搁倒这个鸡翅木书架上
相对无言

小小的茑萝的花和栽花的生命
由幼稚而达到成熟
或迟或早又趋于衰老，耗竭
活泼生命已陆续消失于虚无中

豆彩碗却依然如故
不求人知的独立存在
也可能还会因种种偶然
转来转去，到一些意想不及的人手中
然而它的阅历
谁也不能想象
再没有谁能明白这个碗的历史
包含了什么意义

一切生命存在都如此隔离
又如此息息相关
如此息息相关还是十分隔离
这是怎么回事

千百年前那些制瓷绘画的工人

把受压抑的痛苦，和柔情，和热爱

转移到一个小碗上

如此矛盾又如此调和

大多数人在完全无知中

把碗用来用去

终于在小不经意中

忽然摔碎

后记

此诗是"剪辑"沈从文日记而成。

沈从文说自己的文学，多次强调是将现实中的压抑和痛苦转化为文字而成，是诗的抒情和心灵受伤后的痛楚交织而成。对于"你们能欣赏我故事的清新，照例那作品背后蕴藏的热情却忽略了，你们能欣赏我文字的朴实，照例那作品背后隐伏的悲痛也忽略了"，他是遗憾的。而对于中国的工艺传统，他的感情基础即是，物的背后有人，是手工艺者将被压抑的无比柔情和爱转化为美的物质形式的结果。这与他对自己的创作的解释相通。时代转折点上的沈从文在经历了精神

崩溃而又逐渐恢复以后，一九五〇年被安排在华北人民革命大学学习和思想改造，休息日回到家中端详豆彩碗而感慨万端，亦通于对自己的文学命运的感慨。豆彩碗能够历千百年、历战争动荡而其美仍存，这是不朽；但另一面，它又是极其脆弱的，小不经意即可毁于一瞬。

沈从文随手记下自己纷纭的思绪，无意写诗，而诗自在其中。

二〇一一年六月十九日

迁移

岁暮严冬雨雪霏微
蹲在咸宁毫无遮蔽的空坪中
等待发落
逼近黄昏　搭最后那辆运行李卡车
到二十五里外　借住

带个小小板凳
去后山坡看守菜园
手脚冻得发木时

就到附近干草堆上躺一会会

活活血脉　避避风寒

忽然通知

限二小时内迁移五十里外双溪

五里外大湖边劳动的老伴赶来

说不到十句话

在卡车中想到古代从军似乎比较从容

苏东坡谪海南　在赣州游八镜台　饮酒赋诗

移黄州　邀来客两次游赤壁　写成前后赤壁赋

孤立空空小学校一间屋子

住得最久

屋中永远不干

雨中接漏　扫除积水三四十盆

雨后泥泞　用百十断砖搭成跳板

这些砖将在屋中过年了

时有蟋蟀青蛙窜入　各不相妨

七十岁得此奇学习机会

亦人生难得乐事

附近不远爆破炮声连响三次

土石纷纷落下　已把屋顶开了大小天窗数处

头上且顶个坐垫

依旧抄完这首诗　抄到

钟鼓上闻天　直上于青云

望到房顶那几个大小天窗

真好笑

离奇狼狈　可是心静静的

世界上哪会有人想得到我是在什么具体情形下

写这些诗

十四本稿纸通用完了

抄点什么也不成了

高血压心脏病和肾结石并发　血压上升到240/150

住院四十多天

迫近风烛残年

住处又一再催促迁移

新住的是贫农大院

对天井一窗　天井即沤肥池　猪饲料是酸的

如坐酸菜坛子中

加上房中大湿霉　即已接近酸梅汤

床下生长了点绿毛白毛

我多少有点像聊斋中人物

一位大喉咙大妈　送了我大把栀子花

天气总是三晴三雨　出门如酱缸

可是对庄稼极好

不多久　田里即大片浓绿了

趁来得及　把记得住的一切

分门别类写卅多个小专题

锦缎　印染　纸加工　文字发展

狮子　车马　漆工艺　丝绸花纹　陶瓷

右手关节炎已升级　可能会忽然一天失去作用

结束五十年下笔不知自休的劳动

也不必发愁　五十年前即还学会了用左手写字

两年六次迁移　第六次坐火车辗转丹江

一个荒秃秃岩石采石场　在山沟里

后窗靠山　东西无丝毫尘土　桌子柜子干干净净

老伴以为数十年住处　这里最好

五百老弱病号中相熟的几十人

金人先生在我到达后第二天故去

我间或拄个拐杖看病取药

总常常见雪峰　独自在菜地里浇粪

满头白发　如汉代砖刻中老农

无一本书　亦无一图录

只能就记忆所及

把服饰图稿中疏忽遗漏或多余处

——用签条记下来

准备日后有机会时补改

这也许是一生中最后一次值得留下的工作

恐不可能有出版希望

自己家中能留份作个纪念　也好

实在留不住　也无所谓

后记

此篇"剪辑"所用材料较多，包括沈从文下放湖北咸宁和丹江期间的大量书信、一则日记、一九八一年为《中国古代服饰研究》写的一篇后记，这篇后记废弃未用，后来以《曲折十七年》为题编入全集。

一九六九年十一月底，沈从文作为历史博物馆三户老弱病职工之一，被首批下放到湖北咸宁文化部五七干校，到达452高地后"才知道'榜上无名'，连个食宿处也无从安排"。后来借住属于故宫博物院一个暂时空着的宿舍，职责是看守菜园。

一九七〇年二月，迁移至双溪区，先在区革委会一空房，稻草上摊开地铺，住了下来。半月后被转移到一所小学校的一间空房，住了大约一年。这间房子漏雨严重，地下常年泥泞，屋子如霉窖。沈从文信里还跟妻子张兆和打趣说："任何能吸水气的就上霉。可是奇怪，本地人却不会作霉豆腐和豆豉酱。"

一九七一年三月，住处再次搬动，迁入一户农民家中腾出的小屋。

一九七一年八月，离开咸宁双溪，迁往湖北丹江一个采石场的荒山沟，这里是"文化部安置处"，沈从文说："一出门，看到的总是手拄拐杖行动蹒跚的老朋友，和一个伤兵医院差不多。这些人日常还参加种菜、种树、搬石头任务。"

张兆和比沈从文先下放到咸宁，两人住两处，沈从文到双溪后相隔五十里，张兆和来看他得请假，来回一次颇为不易。迁往丹江后两人在一地，先安排分住，不久调到了一处。沈从文因病免除劳动，张兆和每天劳动约三小时。

一九七二年二月，沈从文获准请假回京治病，此后以不断续假方式留在北京，一个人在一小间屋子里对《中国古代服饰研究》图稿修改增删，同时进行其他杂文物研究。

二〇一一年八月十九日

追忆沈虎雏先生

一

与沈虎雏先生通信始自一九九七年，二〇〇五年以后联系多起来。那年《沈从文精读》出版，我寄上两册，他有较长的回复：

感谢赐赠内容丰富的大作，我和家人充满兴趣一篇篇拜读，另一本《沈从文精读》给了龙朱哥哥。

让我感到欣慰是您对父亲"并未有意识地作为文学而写下的大量文字"的关注与重视。我一九八〇年回到北京时，破旧行李中有个小纸箱，保存着

父母文革前后给我的信，其中偏偏父亲规劝我怎样面对冲击挫折，最重要的几封，由于担心遭查抄肆意曲解上纲，被我毁掉了。打开小纸箱时，心中的懊恼使我倍加珍惜这种不可再生的材料，那是在一间屋，几个月前父亲从这里搬入新居，地上犹积存着厚厚的垃圾，清理它的时候，我顺手把一切有父亲文字的纸张收拢，不意竟有一整箱，从此开始了保护、收集、拼接、识别、整理的漫长岁月。

观察父亲生前未刊载文字首次发表后，读者和学界的反映、解读，很有意思。最早是《抽象的抒情》，一九八九年发表，"照我思索……"那两句话则提前于一九八八年他去世后写在遗像下，曾被许多人注意，各报刊文章引用时抄错的大有人在，而研究者多比较谨慎，除了凌宇在《风雨十载忘年游》中谈过对两句话的理解，相隔较长时间也少见对此文的研讨。其次一九九二年《别集》那一批，一九九六年《家书》那一批，最近是二〇〇二年《全集》的出版，两年前就听说有的朋友已通读完全部三十二卷，但像您《精读》那样较全面关注遗稿的研究，我还是第一次见到（也因为读书太少）。

我没有资格评论您文章的学术价值，但私意以

为,《精读》把"魇"系列散文、呓语狂言、土改家书和作者的文物研究事业联系起来,分析他精神世界演变脉络,大量涉及书信及其他文字材料,路子合理。这些材料正如曹雪芹所说"……都云作者痴,谁解其中味?"能够幸存下来并与读者见面,本来就是留待解人,所以我要感谢您的研究工作。

(二〇〇五年十一月二十二日)

沈从文巨量的未刊文字,何以保存得下来呢?有两个关键点:

一是"专案组","文革"初起就查封了大批资料,可以想见,如果没有查封,多次混乱的抄家就足以尽毁。"专案组"代为"消毒",烧掉了一部分,毕竟还剩下很多,几年后形势变化,发还给本人。这算是有"罪"之"幸","专案"之"功"吧。

二是沈从文家人有这个意识。沈虎雏面对父母搬离后旧屋地上的垃圾,这个情景可谓"惊险":稍不措意,那一整箱父亲的字纸就散在垃圾中被清除了。倘若如此,《全集》就不会是后来的规模,沈从文的完整性将大大受损,尤其后半生,会有大块的缺失。

这个情景中的时间点,也颇有意味。一九六六年,沈虎

雏、张之佩夫妇离京，随企业内迁到四川自贡；一九八〇年，夫妇回京，调入北京轻工业学院任教，自此开始收集、整理父亲的资料。后来与虎雏先生聊天，提起这个时间点，他不无感慨：如果再晚一点，这项工作就会困难得多，有些事情恐怕就来不及了。那时父母都在，父母的不少朋友也在，单就来往书信的征集而言，就相对容易些。

从那时起到去世，这项工作他整整做了四十年——《全集》之后，还有十七年的"补遗"。

如此投入心力，那么留心观察材料分批陆续公开之后的反应，就是很自然的了。虎雏先生对《沈从文精读》这本书的热情和肯定，实与他自己念兹在兹的关切紧密相联。

他的信，信息丰富而都切己，那时我还没有见过他，却真是如见其人。现在我把其中一些抄录出来，也正为存其信息。里面有一些对我奖饰的话，我不做删除，这自是不免招惹借他人之口抬高自己之讥，也无所谓。我还没有轻浮到对自己心里没数。

沈从文一百一十岁诞辰那年，我做了一个演讲，虎雏先生读到演讲稿，来信说：

> 谢谢您请马睿先生寄赠的《文景》。
>
> 我和老伴轮流拜读新作，之佩认为：

"读二〇一二年十二期《文景》杂志刊登张新颖老师的《沈从文与二十世纪中国》讲演后深受感动。为什么一个从未见过沈从文的教师，能够对沈从文的作品及其人格，有如此深刻的理解，能从沈从文研究中脱颖而出，带来一股清新的风？答案只有一个：踏踏实实的做学问，堂堂正正的搞研究。"

我惊奇发现，这篇"讲演"和您与刘志荣老师的那篇"对话"，标题竟一字不差！因此又重读了一遍，有意思的是，没有重复感。"对话"随两位老师的思路跳跃展开，自由活泼灵动，一扫论文常见格调，又大角度触及两位研究者的新思考，新见解。这次回看，才发现"对话"被单独纳入"拓展阐释的空间"第一编，是相当贴切的。"讲演"的叙述经过提炼，重新组织、扩展，梳理清晰，读来感到是另外一篇阐释更加深入的作品。

父亲谈"有情"和"事功"那封家信初次发现时，我就被深深打动，预感到将是人们理解父亲的重要材料。那时"抒情考古学"汪曾祺先生已说过，还没写进文章。七年前读您和刘老师讨论"有情"和"事功"，就令我很感动。又过几年，见到王德威先生《有情的历史》，更让我震撼。对严肃认真研究

父亲的学者，我们都深怀敬意。

（二〇一二年十二月二十二日）

两篇相隔七年的文章用同一个标题，在我，是有意为之；被虎雏先生注意，倒有点出乎意料。再一想，他一贯认真细致，也就不奇怪了。

信中说到王德威老师《有情的历史》，这是他又一次提及，两年前他寄我贺年明信片，特意写上一笔："近读王德威先生《有情的历史》，印象不同于大陆一般论述。"

二

二〇一三年七月，我写完《沈从文的后半生》初稿，即传电子稿给虎雏先生，请他看看有无事实、材料方面的出入。二十天后，他传回稿件，上面仔细做了标注，又附加一封长信，逐条解释。他一一列出笔误、不确、不妥之处，巨细靡遗，特别见出务求精确、一丝不苟的性格。录全信如下：

张新颖老师：

很高兴拜读您新作。《后半生》在引文数量和覆

盖广度上空前，为读者提供丰富出自传主的文字表述，以及相关的旁证史料，传记可信度和保真度，相信能得到认可。

和引文呼应，作品在很多地方，对传主精神活动的演变发展，有精彩的归纳解读。如写一九四九年的大转折过程。又如前面关注到"针刺麻醉"的意义，而对传主晚年进入"忘我"境界的评述，又和"针刺麻醉"联系起来谈，暂时跳出时间顺序、空间约束，大开大合写法，即使用字不多，也有助于梳理脉络，起点睛效果，读来有深刻印象，是亮点，而且比比皆是。

您在说明里提到，尽可能直接引述传主自己文字的写法，也有格外困难地方。我猜想您有控制篇幅意愿，初稿某些部分，连串引用传主的文字，或一件接一件记录若干事实，初次读到这些的读者，还来不及一一品味，留下印象，就有后续引文、事实呈现眼前，会产生信息疲劳效果，有点沉闷。这种段落，作者的衔接文字有时过于简练，缺少在论文和讲演里的风采，您的长处也被压缩了。

若能适当变化节奏，必要的点拨说明别太吝啬，给读者适当启发，来理解引文或事实，效果会不

同些。

北京人讲"站着说话不腰疼",意思是说说容易。我以上感觉,是在站着说话,您执笔就没这么简单。我希望《后半生》更趋完美,故直率说来盼不介意。

我在您初稿上加了些天蓝色标记,下面做点解释:

14页,"约两周后"有误,"约一周后"比较准确。

15页,"表弟",应是堂弟。

18页,"六月份,丁玲约何其芳一起到家中看过沈从文",其实这次是丁玲的回访,建议补充第一次会见的信息。

我在《年表简编》对他们解放后见面的叙述客观中性,符合事实。他三月十三日、五月三十日,曾两次在文字中表达希望见丁玲,口头表达的想必更多,而第一次来的却是陈沂。从一九四九年九月八日《致丁玲》里"欲致我疯狂到毁灭,方法简单,鼓励她离开我"。可以明白陈沂来访,在他心灵上所产生的客观效应。我在《团聚》里对丁、陈的表述较含蓄,所有读者都没看出背后的含义。

《团聚》脱稿时,尚未见到文字依据,我把陪父

亲去文管会见丁玲的时间，误写在有棉军装时候。后来见相关文章提到丁玲来北平时间，近年《中老胡同三十二号》收此文时，已据实修正。

18页，"多次来访"，我只知道文代会期间他们来过一次。即使一次已足够证明友情之珍贵。

20页，致黄永玉信不是一九四九年"唯一"公开发表的作品。四月在上海《子曰·艺舟》发表过《读春游图有感》，写于一九四八年。

46页，"十一号"，当时为十二号，目前那一带民房已变成宾馆大楼。

46页，幅应为"副"。

46页，"一年以后"，因前文讲黄永玉一家暂住我家，可误解为黄到京一年以后。不如直接用"一九五三年"或"一九五三年三月"明确些。

46页，"小得可怜的家"不知引自何处？平心而论，这三间北房宿舍在当时博物馆里已算较高待遇，使用面积比一九八〇年社科院分给他的三十六平方米居室还大一些。须知那时职称只是副研，似不必强调宿舍太小。

隔壁的确是院子的男厕所，此前还要路过女厕所，均为茅坑式，因此他曾自嘲住处是"二茅轩"。

68 页，"一九五八年六月"、"八月下旬"，两个自然段讲的都是事实。是否应该点出"大跃进"的时代大背景？

前个自然段是被动接受跃进形势教育，奉命歌颂新人新事，极难适应。后一个自然段，在"大跃进"形势下博物馆的破例举措，却跟他梦寐以求，一直呼吁的服务方向合拍，破例行动很可能与他的促成有关。他趁"大跃进"之机，满腔热情亲自实践，后来并在政协提案、给文化部信中，一再提出"举办专题文物到各地做针对性短期展出"建议；到了困顿岁月仍念念不忘，幻想着新的送货上门行动。沈从文的大跃进，就这么反差巨大！

69 页，老馆包括端门，存疑？若有根据就不用改。

70 页，"吴功超"，吴仲超。

71 页，"长途汽车"，从家书看，去宣化乘的是铁路慢车。

73 页，"直到一九四三年，沈荃从昆明把她接回大哥住的沅陵"，实际是一九四五年托在昆明的凤凰同乡严超护送回沅陵的。

79 页，"陈子佛"，陈之佛。

93页，"亲家母"，实际是亲家母的母亲，张之佩的外祖母。

94页，"《中国古代服饰史料》"，《中国古代服饰资料》。

108页，"开会学习"，用"出差"较确切。

127页，"一九七二年一月"，实际是一九七一年十二月。

153页，"学术"，学生。

178页，"一个突出的变化"，首先，在变化程度上，似乎说重了。父亲是情感纤细敏锐的人，本来就会因感动而流泪。作为家人观察到，随年龄增长，他易流泪是渐变过程。"文革"中期，得知孙女因成绩好守纪律，受一些厌学顽童欺负，爷爷曾为此流泪，母亲信中说他"年纪越大，心越发慈了"。身边人这种观察很准确，钟开莱也说过类似的话。

其次，在为什么而流泪方面，似乎应注意到为自己感伤，还是对他人的同情，或为艺术所感动？实际上，为自己感伤较少，更多是同情和感动而流泪。拙作《杂忆沈从文……》里提到两次流泪，都是听到好的演奏引起，第二次还可能包含对女钢琴家往事的感慨。《团聚》里提到，听别人说起徐盈、

彭子冈名字当即老泪纵横。我一个才华横溢同学，毕业不到两年当右派，"文革"翻老账继续受折腾，七十年代两位北京同学出差，得空去看他，听楼下有人喊自己，近视眼伸头也看不清，问你是谁？同学只说："你下来！下来就知道了！"见面当然很高兴，他媳妇回家不见了人，下楼问邻居，听说两个穿军大衣的人命令他下来，一边一个抓着胳膊带上吉普车走了，急得她为丈夫担心……我当笑话讲给父亲听，他却为这素不相识同学流下热泪。

再其次，为什么能见到若干关于沈从文流泪记载？盘点一下就明白，过去的记载，多出自他自己文字，他没写的别人不知道。出现"沈从文热"以后，他受到各方面关注，别人写到他流泪，说的都是晚年，无形中强化了"突出变化"的印象，何况还有女记者那种笔下生花的描述。

谨祝

双好！

沈虎雏

二〇一三年八月二日

我当天回复：

沈先生：

很感激您酷暑中劳累，审读了初稿。我在初稿传给您之后，又从头小修小改了两遍。您的审读太重要了，毕竟我只能通过文字接触沈从文先生，自知限度所在，很多地方难以达到唯有亲人才能有的深切感受，一些细节上也不免模糊不清。我所能做的努力，只是尽力去接近传主，把"接近"的距离不断缩小。

我将根据您的意见再做一次修改。您非常细致、一一标出的地方，我都会仔细考虑修正。因为经您指出，这些地方的修改就比较容易了。

比较困难的是整体写法上的问题。您的意见很中要害，我自己在写作过程中也有相同感受。篇幅的控制是其中一个因素，这样写已经二十万字；最根本的还是我一开始就限定自己少说话，多让事实呈现，多让传主精神呈现。我读国内外很多传记，不太喜欢传记作者过于主观的发挥。但传记作者又不能"无所作为"，他的"作为"应该是如何呈现事实和传主的精神。这两个方面的平衡很难掌握。

就是在呈现事实方面，我也知道，有些事情一般的读者也不会太感兴趣，如某年某月发表什么文

章，去了什么地方，谁谁翻译了什么作品，但对于我来说，却一定要一一写出来，不惜让读者觉得枯燥。还有些地方，一般读者会很感兴趣，我却写得简单，如与萧乾先生的关系，有个大致的勾勒，有自己的倾向，就止住了，也是有意这样。

作者更清晰的衔接、说明、点拨，整个行文的节奏变化，等等方面的问题，我会在以后慢慢斟酌，这个工作一时也难以完全改观，得需要个较长时期。我很感谢并完全同意您所指出的这个涉及整体的问题，事实上我心里也把目前传记的样子看成是阶段性的面貌，希望以后在不断修订中趋于完善。

我读沈从文先生的文字这么些年，固然是研究，但我心里越来越感情深厚，以至于写到沈从文先生早年的朋友王际真、晚年的助手王㐨，因为我和他们是同乡而异常亲切。这其实没有什么道理，只是一种感情心理。我的老家与王㐨的老家是邻县，离青岛很近，所以读沈从文先生写青岛的文字，也感觉特别亲切。

另外一个小问题向您确证：一九四八年颐和园消夏，是否还有冯至一家？我初稿修改开头为："一九四八年暑假，杨振声邀请北京大学文学院的几位

朋友，到颐和园霁清轩消夏。冯至一家，沈从文、张兆和夫妇和两个儿子，张兆和四妹张充和与傅汉思（Hans H. Frankel）——一个年轻的德裔美籍人，在北大教拉丁文、德文和西洋文学——都来了。"加了"冯至一家"几个字，这样对不对？

他立刻回答我的"小问题"，并且详细回忆起当时的情形：

当然有冯至一家，夫人姚可崑，两个女儿。各人住处按地势从高到低依次是：杨在霁清轩正屋大房子，四姨和她保姆小伶奶奶在清琴峡，一所小而雅致房子，俯瞰崖下从暗道里流出的小溪，冯家在下面斜着另一栋，我家住最下边小溪旁一座房子，大而潮湿，只有一张炕上干爽，全家人进屋后都在炕上活动，父亲说应该是慈禧太后的浴室。四个住处按顺时针排列大致在 12 点到 6 点半的弧上。从 7到 11 点是弧形上坡回廊，然后取直通达正房，半山亭就在回廊肘弯里。

一九四七、一九四八年都有冯家，四七年没有傅汉思，四八年中间朱光潜本人、吴之椿教授大儿子

吴小椿等中老胡同邻居曾去住过几天，朱住在哪里不记得了，有可能在杨处，吴是在我四姨处挤住。他们来颐和园时，正是写霁清轩书简那些日子，信中提到朱光潜参加对付大鱼。花裤人是杨的干女儿邓译生，一直在杨身边，年底和曹禺同去了香港转解放区。

"散雅步"成员主要有杨、邓、四姨、朱等，傅相随主要兴趣在四姨。散雅步的趣味和节奏，跟我们顽童距离甚远，父母历来无风雅气质，出于礼貌只好奉陪，所以有"倦"感。另一方面，经济条件也有差异，没心情风雅。蒋介石在颐和园景福阁宴请北平军政要人那天，也是朱光潜在霁清轩期间，我们正好一同散雅步归来，被机关枪堵在半山腰，朱伯伯操四川口音问我"怕不怕兵大爷？"

《沈从文的后半生》先在《收获》长篇专号二○一四年春夏卷刊出，几天之后，六月十三日，虎雏先生发电子邮件，告诉说："我一位八十岁表哥今天一早来电话，说昨晚从二十三点阅读《收获》上尊著，到凌晨三点一口气看完。他对父亲的了解远远超过其他读者，但很多时候是噙着眼泪读，停不下来。而他之所以买《收获》，是老同学在火车卧铺上一口气看完后，忍不住向其他同学推荐的结果。据表哥说，他和读过的同学都觉

得，跟以前出版的传记比较，有很大突破，深受感动……"

这位表哥是周晓平先生，周有光之子，著名气象学家，中科院大气物理所研究员，二〇一五年一月去世。

三

有一天，沈红发我短信，提醒我查看邮箱。我打开来，读到虎雏先生邮件：

　　……之佩、沈红我们讨论过，得出一致看法：

　　这十几年来，我们收集整理的全集补遗稿，最重要的一件写于一九四九年二月，是住在金岳霖处，吃在梁思成、林徽因家那些天。这篇文稿和《一个人的自白》、《关于西南漆器及其他》同样具绝笔性质，题为《一点记录——给几个熟人》，有一万字，全文完整幸存下来，其重要性与信息之丰富，您一看就明白。

　　我们设想，让这篇遗作在今年《新文学史料》第四期与读者见面，作为他从事文学创作、第一次发表习作九十周年一个纪念。

他们全家思量再三，想约我写一篇解读文章，一同发表。"但这对您来说完全是计划外事情，不知您愿不愿意打乱已有安排？"虎雏先生替我设想，担心影响我"为下学期备课和暑假休息"，所以又列出时间安排上的几种可能。"如果张老师愿意挑起这副重担，得您电话后我会尽快把文稿送达。为此请详告邮编和收信地址，我不相信网络传递安全性。"

郑重如此。

这是二〇一四年七月二十四日；八月三日我到北京，晚上按事先约定拜访"夏日暖房"——沈红如此称呼阜成路的父母家。一进门，张之佩老师忙不迭地招呼我擦脸、吃西瓜、吃葡萄。虎雏先生说，知道我上个月来过北京，参加理想国《沈从文的后半生》新书活动，他留意了相关报道；当时龙朱先生骑着电动自行车要去现场，被他坚决劝阻了，理由是，怕分散人们的注意力。他对哥哥说，万一被人认出，要你讲话，怎么办？

随意闲谈中，我请教了一些大大小小的问题，虎雏先生回答起来，言必有据，严谨已成为他性格中的突出因素。他未必总是平静的，有时从说话语调里也能听出他的激动，但同时也能感受到他对激动的克制。

不知怎么聊到流传甚广的刘文典看不起沈从文的笑话，虎雏先生非但不忌讳，反倒轻松下来，很有兴致地跟我讲，因

为母亲那边的人和刘家有亲戚关系，父母带着龙朱去看过刘文典，之后父亲又带着他去看过一次。他记得，老先生放下烟枪，伸出指头比划着："二，五"，说是世界万物，都离不开二、五这两个数目。人的手、脚、眼、耳朵、鼻孔是二，手指、脚趾是五……"那么，嘴只有一个，跟二、五有什么关系呢？"老先生提出问题，又自己解答："我孩子找到答案，上下嘴唇，是二！"父亲笑出了声，老先生精神来了，笑得开心……

刘文典是否说过沈从文只值几块钱的话，难以确证；但联大有学生看不起沈从文，倒是真的。虎雏先生说，穆旦，开始的时候就是。"您怎么知道？"我问。"杨起告诉我的。"杨起是杨振声的儿子，在联大读书，一次小茶馆喝茶，桌上的穆旦不认识杨起，随口议论："沈从文这样的人到联大来教书，就是杨振声这样没有眼光的人引荐来的。"

一句话，打两个人。我估计，这是早些时候说的，后来穆旦与沈从文多有接触，看法自然变了。再后来，譬如抗战结束后沈从文编《益世报·文学周刊》，穆旦的诗刊载最多，更可见关系的密切。这个故事我觉得有意思，有意思的地方，就在于这种前后变化。之于更后来，遭逢世变，历经劫难的人偶通消息，是愈发感人的故事：一九七三年，穆旦托人捎给沈从文一本《从文小说习作选》，沈从文大为感念；一九七七年，穆旦五十九岁不幸去世，沈从文得知，不禁老泪纵横。

时间在谈话中流逝得很快。

虎雏先生拿出沈从文一九四九年"失常"时三篇文章的手稿给我看，我原以为会是乱糟糟的纸面，以相应于乱糟糟的精神状况，而事实完全相反：文章用钢笔写在笔记本的纸上，蝇头小字，笔画细而稳，整整齐齐地一行连着一行，一页接着一页。我慢慢翻看，心里异常震惊。

虎雏先生给每份手稿配一个纸夹，打开《一个人的自白》那个文件夹，看到里面还另有一个保护夹，虎雏先生说，这是王㐨做的。一九七五年，沈从文从残存未毁的手稿中发现《一个人的自白》第一页，托付给忘年交王㐨。王㐨回家用卡片纸做了这个保护夹，外面写"沈要"二字，里面用铅笔记了一行："七五年八月十五下午交余：'这个放在你处……'"王㐨在衣箱里做了个夹板层，把这页手稿藏在里面。

许多年后，王㐨把这页手稿交给虎雏先生，告诉他省略号隐去的沈从文的话："将来收到我的全集里。"

虎雏先生据此搜寻，终于在故纸堆里陆续找出《一个人的自白》全部原稿。继而，又发现了《关于西南漆器及其他》。这两篇"绝笔"性质的自传，因此都得以收入《全集》。

《全集》之后，虎雏先生继续在庞杂旧纸残稿中筛查识别，拼接复原，有一天从整麻袋皱巴巴有字残片中，竟搜寻出写于清华园的完整文稿《一点记录——给几个熟人》。与此

前的两篇合观，沈从文在生命转折关口的思想状况、精神活动，清晰、细致地呈现出来。虎雏先生认为，在补遗文稿中，这一篇当属最重要的一份史料。

我们坐在客厅里谈话，对面墙上挂着沈从文晚年像、张兆和晚年像。张之佩老师提议我站到像旁，拍张照片。我站起来的时候她伸手理了一下我的衣领，一如她把装满西瓜的碗递给我一样自然、亲切。然后我又和他们全家人合影。

我带着誊录打印好的文章回到上海，不久又收到虎雏先生刚完成的《人间真情——关于沈从文的三篇遗稿》给我参考，九月份写出《死亡的诱惑，求生的挣扎——沈从文作为"绝笔"的〈一点记录——给几个熟人〉》。这样，沈从文遗文，虎雏先生介绍发现背景和相关人事的文章，我的解读，就如期同时刊出（我的标题编者稍做改动），完成了虎雏先生用心筹划的"一个纪念"。

四

王德威教授想办一个沈从文的研讨会，这个念头盘旋了好几年，二〇一五年秋天终于落地实现。王老师特别邀请了龙朱先生和虎雏先生，九月二十五日，兄弟俩同时出现在哈

佛费正清研究中心"沈从文与现代中国国际会议"现场；又在一个专门环节，同时坐在发言席上。

龙朱先生讲"生活中的沈从文"，引得会场时有笑声；虎雏先生"忆《沈从文全集》的编纂"，令听者不禁肃然起敬。

在哈佛教授俱乐部晚宴时，两位老人拿出特意从北京带来的一大包沈从文作品，分赠给每一位与会者，扉页钤印"沈从文家人赠"朱文方章。

兄弟俩住同一个房间，与我同在一层，闲时我去他们房间聊天。一次不知怎么说到《边城》写作时的情境，龙朱先生随手拿起笔，在一张小纸片上，画出那时候沈从文坐的矮凳。我觉得有意思，就把那张小纸片要了来。

沈从文坐的矮凳

整整两天的会议之后，有年轻朋友来带我和季进到市中心玩，我邀请两位先生一起去走走看看。虎雏先生说，有点不舒服，留在房间休息。我想他大概是太疲劳了。（这篇文章写完后，沈红看过，她拍了虎雏先生当天的日记给我看，我才知道他那时候不只是疲劳："张新颖送来一盒草莓。起床后不久，心口发紧，心率为110～120，服5粒速效救心丸后渐缓解。季进、新颖陪龙朱看波士顿市容，我留下休息。中午吃半盒草莓、2块黑巧克力，感觉好些了。"）龙朱先生兴致勃勃，和我们出去逛了大半天，一路上说了很多有趣的事。这天是中秋节，两位先生晚上与大家就餐，显见得放松了许多，而诚挚温馨依然。

哈佛会后，兄弟二人受孙康宜教授邀请去耶鲁，参观东亚图书馆，并参加四姨张充和纪念会。我想起二〇〇八年和同事、朋友到访耶鲁，孙康宜教授主持座谈会，我发言谈沈从文告别文学之后的"文学"写作，会后孙康宜教授问我："我和沈家是亲戚，你知道吗？"我点头说知道，其实只是模糊知道有这么个关系，具体就不清楚了。这个时候想起来，便向虎雏先生请教，不料引出一段久远的云南生活经历。虎雏先生回忆说：

我们家一九四四年从龙街搬到跑马山下的桃源

新村，联大的萧涤非来得早些。新村是昆明士绅李沛阶出地皮，云大教授李吟秋设计，为从昆明疏散机关群众而建的。虽只四十几户居民，却有带附小的建国中学，和带幼稚园的恩光小学，及一座小教堂。我母亲教中学的英语。

村长李沛阶被尊称为李地主，他敬重外来知识分子，曾好意请父亲在他的酒厂挂名拿点"干股"改善生活，被婉拒。其幼女李兆恩与龙朱同班，认我母亲为干妈。就算有了干亲关系。

李兆恩的哥哥李兆强后来离开了云南，是孙康宜姑父。其子李志明是孙康宜表弟，至今保持联系。

一年多以后，二〇一七年一月，收到龙朱先生寄来一叠肖像复制件，附信说：哈佛之行回来，"我开始为参加会议的各位学者试绘肖像，心想汇集齐全后，寄给大家留作纪念。可是力不从心，画画停停，一直未能全部完成"。我数了数，已有十六幅之多。那种工笔写实、精细求真的画法，实在是需要极大的耐心，耗费很多的精力。

五

在虎雏先生长达半生的辑佚搜遗工作中，他会有些什么样的感受呢？外人无法知悉。我猜想，在不同的阶段，他的心情大概也会有些不同吧。

初期的七八年，沈从文还在，虎雏常选些旧信展平拿给父亲看，沈从文自己都惊讶。他把新发现的《抽象的抒情》抄出来，沈从文边看边称赞："这才写得好呐！是你写的呀？""这是你的文章。"沈从文已经忘记了："啊？真是我写的？"后来沈从文会习惯性地问虎雏，有信没有？重读那些旧信，是他高兴的事。

一九八八年沈从文去世，这样的情景从生活中永远消失了。虎雏先生用两三个月的时间，病中作长文《团聚》，从幼年辗转到昆明与父亲团聚起笔，写到十五岁父亲送他去机械专科学校报到。过往一切，历历在目，他积久深藏的感情，渗透于字里行间。读到这篇文章的人，动容之余，不免惊讶。连他的母亲，也说，想不到小虎写得这么好。虎雏先生内敛成性，又从小迷恋机械，参加工作长期在机床厂做设计，后来教书也是教机械，出手如此深情蕴蓄之文，怎么不叫人惊奇赞叹。后来他断断续续写关于父亲的文章，大多数时候，

却是又把他自己那个"我"隐去了，藏起来了。

一九九七年虎雏先生退休，之后仍以很多精力投入社会工作和科研工作，曾以专家身份深度参与一项生物质粒燃料技术和机械设备的研制和改进；但搜求整理父亲的佚文遗稿，始终未曾稍懈，繁杂问题层出，一点一点解决；艰难路程还长，一步一步往前走。

《全集》终于出版，一千多万字，其中作者生前未发表的超过四百万字，能成如此的规模，虎雏先生会有多深的感慨和多大的欣慰交集并生呢？

但他来不及稍作休闲，随即投入《全集》的补遗之中。

研究者、热心人有发现、有线索，虎雏先生汇集信息之后，要一一鉴别、考证、核对，其中甘苦，也只有他自己才说得清楚吧。

虎雏先生跟我的联系中，偶有这方面的内容，我摘出几条来，以窥一斑：

（一）二〇一四年十一月二十日，虎雏先生发我一组照片，内容是赵家璧致沈从文的一封信，信中说上海文联座谈会上，某领导把沈从文作为"深入生活"的反面例子。虎雏先生写道："正因为重要，我把那封信收得过严，连自己都找不出了。幸亏从所存图像资料里，发现过去曾拍了照。今把有关

内容发给你，是一九七九年十月九日的来信，墨笔下划线是父亲所加。看了赵家璧所说，你就容易懂得'迫害感且将终生不易去掉'，确实覆盖了他后半生。他最后的文字、最后的几次谈话，都印证了这个事实。"

（二）二○一五年一月十日："前一阵我集中精力于全集的补遗文稿，希望能有所推进。不意却接连得到许多新收获，数量可观，均有待一一确证。经筛选整理，虽然有若干成稿，但积存还没处理的，反而比过去还多了。这工作只能耐着性子一点一点推进。在着手整理考证的稿件中，一组一九四四年给董作宾的信很有意思，涉及抗战时期昆明、李庄两地知识分子的生存状态，和社会实录。所以尽管沉闷而费精力，但也常常有意想不到乐趣。"

二○一五年六月二十六日："我收集的全集补遗件里，抗战时期致董作宾三信内容，涉及昆明、李庄许多知识分子状况，信息量较大……现寄上供您参考。"

（三）我的学生刘媛撰写关于沈从文的博士论文时，从一九三一年十月的《国立青岛大学校报·抗日特刊》上，发现了一篇《文学无用论》，署名"甲辰"。我把这份特刊 PDF 电子版转虎雏先生，一并转上刘媛校读的文章。

二〇一六年十二月二十三日虎雏先生回复:"刘媛发现的这篇佚文很重要!谢谢你,也谢谢她。九月底十月初,我去吉首大学参加了沈从文全集的补遗编辑工作会议,会前我掌握的补遗总量约合全集三十二开本的一千个页面,经大家讨论,我原来不打算收入的几份遗稿和一本小册子,都认为应该补入,这就超过一千四百页面了,很可能要编成三册。不料回京后,却怎么也找不到那一口袋遗稿,想不起来收在何处,怎么翻查都没有,我糟糕的记忆力真误事!"

二〇一七年元旦又回复:"为整理《文学无用论》补遗稿,我复校过刘媛的'修改版',现将作了标记的复校文本寄上,请转交刘媛供参考,如她准备发表,可减少些差错。"

刘媛后来又发现沈从文的一幅画,一九三三年六月第一卷第二期《西湖文苑》上的《伏虎图》,署名"季蕤",虎雏先生回复说:"《伏虎图》很好,请代我谢谢刘媛。"这是二〇一七年三月二十五日,我不知道的是,随后他就住进了医院。

直到七月十一日,收到张之佩老师微信,我才得知:"虎雏因病自三月底住医院确诊为多发性骨髓瘤。已作化疗十次,病情有好转。其间回家休息二次,七日是第二次回家……"

但虎雏先生显然没有、也不可能放弃他的工作。二〇一九年六月三日,他来信:

我目前大约每做一个疗程的化疗，要住院三周左右，然后可以回家住十来天，再去……这十来天，我可以在电脑边，每日做上三小时左右的工作。

　　几年来做全集补遗，工作接近尾声。从目前已定稿的篇章看，编成两卷比较合适：一卷是文学和物质文化史，另一卷是书信，各有七百多页，两厚本。

　　吉大图书馆和中国科学院图书馆的两位业内人士，帮我做了大量搜寻工作，目前我在对最后一批缩微图片，转化成统一格式的打字文稿。希望在年内，能够与全集的编委和出版社的责任编辑们，举行一次补遗的审稿会议。

　　发表于一九四七年四月十二日《益世报·文学周刊》的短篇小说《雪和雾》，在国家图书馆曾取得三份缩微图片，可惜都是完全相同的画面质量，即使放大也有几十个字无法识别。能打出的文字，还必定有些不合原作。我想麻烦您或您的研究生，能从上海的馆藏，设法找一份不同的缩微片。感谢之至！

　　奇怪的是，同一期《文学周刊》上还有两篇《废邮存底》，早已编入初版《沈从文全集》，却对

《雪和雾》视而不见？扇陀这个笔名显然具有沈从文的色彩，当时也没引起注意。

　　给您百忙中添麻烦，十分抱歉。

　　焦急之情，溢于言外。我请刘媛设法，她很快从上海图书馆取得《雪和雾》照片，我赶紧转上，七月十二日虎雏先生回复：

　　谢谢您发来的《雪和雾》版面，很清楚！

　　我今天刚出院，迫不及待想开电脑，只能趁之佩去食堂的时间，赶快打开信箱看看。见到这个文件，心里的石头落地，非常高兴。

　　再次谢谢您！我要关机了。明天再细看。

六

　　十多年来，每逢元旦或春节，前后几天总会收到虎雏先生的贺新祝福，虽成惯例，却总有新鲜别致的内容。譬如：

　　二〇〇九年元旦，寄我一册《从文赏玉》，扉页写"新年

快乐"，边上贴纸加上一句："小册子配图，与文字不合拍，热闹而已。"

二〇一三年元宵节，收到一组照片，其中一张是张之佩老师站在窗边，窗台案板上放着一条大鱼，"祝你年年有余有大鱼。"

二〇一四年春节也是一组照片，照片上却是空调外机上的两只小鸟，"通用的拜年信"写道："赞赏窗外晒太阳的斑鸠小两口，镇静地看着纱窗徐徐拉开，从容面对渐渐逼近的相机和一次次快门声，直到镜头与窗框平齐，最近拍摄距离仅一点三米。祝您和您的亲人春节快乐，心态平和，多晒太阳，健康幸福。"最后另加一张半年多以前拍的，一家三口站在阳台上，旁边是花草：金婚纪念照。

二〇一六年春节，仍然一组照片，主题是人物，长寿的周有光。虎雏先生配以文字解释："除夕那天我们去看望二姨父，一百一十一岁的周有光老寿星。特向各位简要报告……对我带来的私酿玫瑰香葡萄酒，二姨父欣然接受，并认真地和大家祝酒碰杯。"

……

二〇二一年，什么也收不到了。

虎雏先生一月一日子时病逝。

沈红微信："妈妈亲亲他的额：虎雏累了一辈子，休

息吧。"

《沈从文全集》出版，主编张兆和完成了大的心愿，两个月后安安静静离开人世；《沈从文全集·补遗卷》，一百一十八万字，分四卷，印行在即，虎雏先生完成了他的心愿，就此安息。

——一家人的心愿，落实到行动，沉潜而坚定；一家人漫长的接力，终得大成。

二〇二一年一月十九日

"一个日常的沈从文的读者"

——张新颖访谈

采访、撰文：燕 舞

"爸爸，人家说什么你是中国托尔斯太（泰）。世界上读书人十个中就有一个知道托尔斯太，你的名字可不知道，我想你不及他。"一九四八年七月——离北平"和平解放"还有半年，四十六岁的北大中文系教授沈从文偕次子虎雏在颐和园霁清轩消夏——七月三十日夜，虎雏一边喝着柠檬水一边读着《湘行散记》，童言无忌地"激励"自己的作家爸爸——一九三四年就出版了自传和《边城》的大作家。

"是的。我不如这个人。我因为结了婚，有个好太太，接着你们又来了，接着战争也来了，这十多年我都为生活不曾写什么东西。成绩不大好。比不上。"从文喏喏。儿子又激励道："那要赶赶才行。""是的，一定要努力。我正商量姆妈，要好好的来写些。写个一二十本。"

然而，时代和历史并没有给沈从文太多机会。

尽管一九四八年年底主动拒绝了南京国民政府抢运学人赴台的邀请，但沈从文这一年并没有逃掉左翼文化界的激烈批判，一九四九年他甚至选择自杀，所幸获救。迫于时势，沈从文逐渐转向物质文化史和杂文物研究，其所涉门类宏阔，以《中国古代服饰研究》最具代表性。

后半生中，七易其稿的短篇小说《老同志》（又名《炊事员》）以失败告终，以内兄、一九三六年牺牲的共产党员张鼎和为原型的长篇小说也流产了。沈从文尝试着在政治形势许可的范围内继续保持自己的用笔特色，让一九六七年生人的复旦大学中文系教授张新颖感慨的是，"他是失败了，也只能失败"。

一九六〇年代以降，夏志清先生的《中国现代小说史》和金介甫（Jeffrey C. Kinkley）的《沈从文传》（*The Odyssey of Shen Congwen*），以及美国和澳大利亚等国一系列相关博士论文，汇聚起了海外的"沈从文研究热"；一九八八年，由凌宇撰著的大陆"影响最早、最大的"《沈从文传》出版。

一九八五年，张新颖入读复旦大学中文系，开始懵懵懂懂地阅读沈从文，也读了凌宇另一部专著《从边城走向世界》。复旦中文系素来重视文学史教学和作家作品研究，系里吴立昌教授讲授"沈从文专题研究"，"八十年代就以一个学

期给本科生讲沈从文，这恐怕是极少见的"；研究生阶段，张新颖深受导师贾植芳先生与陈思和教授主持的《外来思潮和理论对中国现代文学的影响资料》恩泽。

一九九二年，张新颖在《收获》上读到沈从文家属整理的《湘行书简》——沈从文一九三四年自北平返乡，在湘西一条河流上给"三姐"张兆和写了一系列长信——当读到沈从文一月十八日下午那段彻悟"真的历史是一条河"的那一瞬间，张新颖顿觉豁然开朗，"从这里我感受到了沈从文对天地、对天地之间的普通人、对普通人所创造的历史的感受"。"这段文字不但让我理解了沈从文的文学世界，也明白了沈从文后来为什么对杂文物那么用情。"四年后，张新颖从《文汇报》重返母校攻读博士，次年即写下长篇论文《论沈从文：从一九四九年起》。

新世纪之初，张新颖的博士论文单行本《二十世纪上半期中国文学的现代意识》入选三联书店"哈佛—燕京学术丛书"，他辟出最后一章"从'抽象的抒情'到'呓语狂言'"论述"沈从文的四十年代"。

二〇〇二年年底，洋洋千万言的三十二卷本《沈从文全集》终于出版，其中四百万字系作者生前未曾刊发的且多为一九四九年后所写——九卷书信中有八卷写于一九四九年之后，这三百余万字，书信"从数量上讲接近沈从文创作的文

学作品的总量"——由此，张新颖发愿为沈从文的后半生立传。

作为系里"原典精读"课程之一的《沈从文精读》的讲义二〇〇五年冬结集出版后，张新颖一度患眼疾，以致《沈从文的后半生：一九四八～一九八八》（以下简称《沈从文的后半生》）只写了一万多字，二〇一二年秋再度续写，不到一年就一气呵成。作家余华二〇一三年秋收到这部书稿电子版后，"一口气，从晚上八点左右读到凌晨四点多，感慨万分"（余华最新杂文集《我们生活在巨大的差距里》二〇一五年年初出版后，在接受"澎湃"专访时，说"张新颖是我一生的好朋友"），他坦承"有时候朋友要求我给他们的孩子推荐小说，我只好遵命，我推荐的小说里必有沈从文的"。有文学批评家二〇一四年上半年更是翘首以待："近年来张新颖因为对沈从文传记资料的深刻研究和不凡见识，把国内外沈从文研究的水平提升到一个新的境界。即将出版的《沈从文的后半生》可能是今年学术界一个重大的收获。"

张新颖将沈从文一九四九年之后的大量书信看成独立的文学作品，哪怕当初并没有当作"文学"来写，"如没有这些书信，这本传记是不可想象的。没有这些书信或许也可以写沈从文后半生的传记，但写出来会是另外一个样子"。让部分读者一时不能完全理解的是，张新颖在传记中"追求尽可能

直接引述沈从文自己的文字",他相信读者应该"更愿意看到传主自己直接表达"。

近三十年来,坊间流行的数种沈从文传记多侧重传主前半生,《沈从文的后半生》在传主迫于外在压力而"改行"这个根本原因之下,试图解释清楚他为什么不去干别的行当而独独选择了文物研究——张新颖认为湘西早岁生活及短暂从军所积累的艺术兴趣、审美素养以及《史记》等所形塑的深刻历史感、"有情"观念共同促成了这一"改行"。

"理想国"二○一三年年底就拿到了《沈从文的后半生》书稿,原计划二○一四年五月十日献给逝世二十六周年的沈从文先生,但在《收获》长篇专号春夏卷隆重刊发书稿前后,张新颖和该书责编、"理想国"文史馆主编曹凌志又各自重校了两遍。曹凌志感佩于张新颖的不事张扬,认为张著是他近年所见关注沈从文后半生的著述中"篇幅最长""态度最克制"的,他参与编辑的《温故》二○○九年第十四辑刊发过沈从文一九五七年至一九六○年间写给山东美术考古学者刘敦愿的十封信——这些信并未收入《沈从文全集》。因此,曹凌志预计《沈从文的后半生》出版后,可能会有一些未曾刊布的沈从文书信涌现出来,《沈从文全集》甚至可能会有所增订。

沈虎雏给《沈从文的后半生》提过不少细致而又中肯的意见,他也很青睐张新颖另一部专著《沈从文与二十世纪中

国》。张新颖曾专文考察余华《活着》、贾平凹《秦腔》、王安忆《天香》，论述"中国当代文学中沈从文传统的回响"（张新颖因此荣获二〇一四年第六届鲁迅文学奖的理论评论奖），这种深远影响甚至辐射到侯孝贤和贾樟柯等两岸电影导演。"沈从文的文学传统不能说多么强大，更谈不上显赫，但历经劫难而不死，还活在今天，活在当下的文学身上，也就不能不感叹它生命力的顽强和持久。这个生命力，还不仅仅是说它自身的生命力，更是说它具有生育、滋养的能力，施之于别的生命。"

《沈从文与二十世纪中国》让张新颖有敝帚自珍之感，自序里的一段话颇能代表其心态："这么长的时间，我没有一门心思只做沈从文研究，却始终是一个日常的沈从文的读者，一个每年有一个学期在课堂上讲沈从文的教师，一个在沈从文的世界里低回流连、感触生发的人。倘若以为这个世界是个边界清晰的、孤立自限的、个人自足的世界，那就可能错了：深入其中，才会发现这个世界敞开着各个朝向的窗子，隐现着通达四方、也通向自己的道路。有这样的感受和体会陪伴度过平常的日子和长期的生活，那是比做一个专门家更好的事情。"

《沈从文的后半生》二〇一四年七月以两万册首印量起印后，获得了如期的良好市场反馈，迅疾加印多次。上架前夕，

笔者即对张新颖教授进行了长篇专访。二〇一四年七月中下旬香港书展期间，笔者又自告奋勇地给香港中文大学中文系荣休教授小思（卢玮銮）带去一本《沈从文的后半生》，这位七十五岁高龄的香港文学研究界老前辈在随后的《明报》副刊专栏中，用"个性不改"概括一九四九年之后的沈从文，她"愈读全书愈觉沈坚执得近乎固执——择善固执，并无贬义，他一再向毫无法纪可言的官请求让他留在博物馆研究岗位上，猪栏中还辛苦完成六十个文物展柜的说明稿等，足见其人'唔化'程度"。

不出所料，二〇一四年岁末和二〇一五年初，《沈从文的后半生》入选绝大多数国内媒体和相关机构的二〇一四年年度图书榜单。

但是，面对所有这一切荣耀，张新颖仍宠辱不惊淡定自若，他对《沈从文的后半生》的真实分量有自己的确信，他只是"一个日常的沈从文的读者"。

精神上是八十年代后半截儿成长起来的，对后来的研究直接起到很大作用的是《外来思潮和理论对中国现代文学的影响资料》

《单读》：据说您当年也迷过崔健且"架子鼓打得不错"，后来

也确实写过《中国当代文化反抗的流变：从北岛到崔健到王朔》这样的论文。您对一九八〇年代最深的记忆是什么样的，和这些年坊间流行的"八十年代热"的描述有哪些主要的异同？

张新颖：我这个年龄的人，迷过崔健是比较普遍的，我大学前后级的同学大都迷过崔健。但我可够不上摇滚青年的资格，崔健之后，我也就只关注过张楚，其他的不甚了了。至于架子鼓，那是我上"中国新诗"课，有一次在课堂上，讲到鼓敲击的声音与鼓点之间没有声音的间隙，这之间——"有声"和"无声"——会形成紧张的关系，随口漏了一句，我年轻时打过架子鼓。打得不错那是夸张了，千万不能当真。

我一九八五年上大学，所以精神上是八十年代后半截儿成长起来的，经历的八十年代不像我们的老师辈那么完整。我个人印象最深的，一是文学上强烈的探索和实验，我读本科的时候发表了三篇评论，谈的分别是马原、余华、残雪的小说，你从所评作家的名字就可以看出我那个时候的关注点；二是我周围贪婪的阅读气氛。那个时候逃了很多课，逃课干什么去了？什么也没干，就是读书。我记得两个情景：一个我们复旦中文系的资料室，那时候在校园里的一个二层小楼上，晚上也开，冬天里面挺冷的，踩着吱嘎作响的木地板上

去，待到关门；另一个在校门斜对面新建的文科图书馆阅览室，我有几个同学成年在那里，他们读书是按照书架排着读的，这一排想读的读完了，再读下一排——胃口大到这么可怕的程度。我基本不在图书馆阅览室读书，原因是我发现我也很贪婪，既想读这本又想读那本，结果时间就浪费在穿梭于书架之间了，所以我是借出来读。

《单读》：一九九〇年代中期，《栖居与游牧之地》和《歧路荒草》这样的文集已经奠定您在文学批评界的初步声名，您当年是师从贾植芳先生攻读完研究生后，先去了《文汇报》做记者，一九九六年秋又重回复旦大学攻读博士？

陈思和与王晓明两位对您博士论文《二十世纪上半期中国文学的现代意识》的评价都非常高，博士这一阶段的训练对您的主要提升是？

张新颖：《栖居与游牧之地》是陈思和老师编在"火凤凰新批评文丛"第一辑中出版的，九十年代前半期文学评论集出版很困难，这套书却很短时间内印了三次，我是沾了这套书的光。《歧路荒草》不过是本随笔集。我一九九二年硕士研究生毕业后到《文汇报》，四年以后再回学校读书。

说到学术训练，倒应该说是硕士阶段开始的，博士阶段

是接续这个来的。读研究生期间，我不断写些文学评论发表，但用功更多的是在现代文学的学习上。不用说会读《新青年》《小说月报》这些旧杂志，还有一般文学专业学生不会去读的《东方杂志》《教育杂志》《妇女杂志》等。一般来说，我们会把这些东西当作资料或者背景去了解和掌握，难免枯燥，其实读进去之后，会不断有很惊讶的发现和体会。

对我后来的研究直接起到很大作用的，是贾植芳先生与陈思和老师主持的《外来思潮和理论对中国现代文学的影响资料》，这套大型原始文献汇编一九八五年就完成了，但因为规模太大，一直没有出版——我读研究生的时候，正好碰到出版社退回稿子，捆扎的稿子有厚厚的三十多包，我骑着自行车来回好几趟才从贾先生家里运回我南区的宿舍。到二〇〇四年，这套资料经过大幅压缩之后，才以《中外文学关系史资料汇编》出版。

我写《二十世纪上半期中国文学的现代意识》，其实是接着做我读硕士期间就开始的二十世纪中外文学关系的学习和研究，不过写博士论文的时候思路有了很大的变化，讨论的重点也就发生了很大的变化。陈思和老师、王晓明老师，还有其他老师，一直给我帮助和鼓励，这对我起作用，我会想，不要让他们太失望才可以。你问到的博士阶段的提升这个问题，我回答不出，因为我是个不会一下子提升的人，有变化

也是很缓慢的，很自然的。

《单读》：您的简介和著述表中一般不太提及一九九八年编的两卷本《储安平文集》，您对储安平研究的核心关切是？它和您的沈从文研究又有怎样的关系？

张新颖：我不提及，是因为我并没有做储安平研究；我编了两卷本文集，是基础性的工作，把储安平的东西集中起来给大家看，给研究者用。这些东西当时搜集起来也不太容易。我编这个大概和我做过新闻工作有一点点关系，我后来还编过徐铸成、林放等老报人的东西。《储安平文集》能出版，是我挺高兴的事；但也有些微遗憾，有的文章只能存目，也有少数文章里面的字句略有删节——说到这里我想起来了，有人指责是我做了删节，真是糊涂啊。我东求西搜来，是为了做删节？我能理解出版社不得不在个别地方这么处理的理由。

　　编《储安平文集》和我的沈从文研究没有直接关系，只是做不同的事。如果要往宽泛里说，那就是我关心个人和时代之间的关系，关心不同的个人和变动着的时代之间的不同的关系，在这个意义上，说有思想上关切的联系，也可以。

把一些现成的观念和看法放在一边，深入到沈从文本人的作品里面去，会有非常丰富的感受

《单读》：沈从文早在三十岁时就写过《从文自传》；在二〇〇五年出版的《沈从文精读》中，您说过"在到目前为止形成的关于沈从文的叙述'模式'里，其实已经显露出某种凝固化的倾向"，这种"凝固化的倾向"具体怎么讲？

新书《沈从文的后半生》的"说明"中您又说："沈从文的前半生，在已经出版的传记中，有几种的叙述相当详实而精彩。"您也重点参考过凌宇的《沈从文传》、吴立昌的《"人性的治疗者"：沈从文传》、金介甫的《凤凰之子·沈从文传》、李扬的《沈从文的最后四十年》以及刘红庆的《沈从文家事》等代表性著述，如果只允许向读者推荐其中一本，您会选哪一本？

张新颖：我是个教书匠，不但要看期刊上发表的研究论文，每年还要看很多的本科论文、硕士论文、博士论文，以沈从文为研究对象的数量不少，老实说，重复来重复去的东西也不少。因为你每年都看，所以这个感觉就特别强烈。我说的叙述沈从文"模式"的逐渐"凝固化倾向"，真的是有感而发。就是从前有的解释方法、见解、观念、理论，未必不对，

未必没有道理，但不断重复下去，一味因袭，确实会让人觉得有点不耐烦。具体我就不一一说了，说了又是重复一遍。沈从文是个丰富的作家，可以研究的东西多着呢。把一些现成的观念和看法放在一边，深入到沈从文本人的作品里面去，会有非常丰富的感受，这就是我在课堂上努力要引导年轻读者做的事。

你说的几本著作，都使我受益很多。只推荐一本的话，我还真没有办法选择；我列参考书目，不求全，不采用把有关著作全部列上去的方法，只列我自己这本书参考的著作，所以等于我已经选择过了。我读本科的时候就读过凌宇先生一九八五年出版的《从边城走向世界》，那是我最早读过的几种现代文学研究著作之一；凌宇先生的《沈从文传》是影响最早、最大的传记。吴立昌先生是复旦的教授，他开"沈从文专题研究"课，在全国的高校里面，八十年代就以一个学期给本科生讲沈从文，这恐怕是极少见的吧。二〇〇八年我编过一本《一江柔情流不尽——复旦师生论沈从文》，可以看到在复旦从八十年代以来的一个教学和研究的小脉络。

《单读》：《沈从文的后半生》中"后半生"的时间限定，很容易让读者联想起陆键东一九九五年在三联书店出版的《陈寅恪的最后二十年》；对传主晚年岁月的研究，确实是海内外的

沈从文研究中相对荒芜的领地，但早在二〇〇五年，中国文史出版社的"长廊与背影"书系就出版过长您两岁的南开大学文学院教授李扬（李锡龙）的专著《沈从文的最后四十年》——那一年，正是您写完《沈从文精读》但《沈从文的后半生》因眼疾而"只写了万把字，就不能再继续下去"的年份——而且，李著次年再版时的书名也更新为"沈从文的后半生"。

李扬也是在上海完成的博士训练，您在"沈从文的后半生"的研究上较之于李著主要有哪些不同？

张新颖：二〇〇六年秋天，我在芝加哥大学客座教书，一天在东亚图书馆看到《沈从文的最后四十年》，非常兴奋，借出来很快读完了。我当即给李扬兄写了一封电邮求书，记得我还把在芝大图书馆看到的沈从文签名本的情况——大多是签在香港翻印的书上——告诉了他。他在我还没有回上海的时候就把书寄到了复旦。我兴奋是因为有同道，因为李扬兄这么迅速，就根据大量材料写出了沈从文真实的后半生，我希望有更多的研究者关注《沈从文全集》等提供的大量新材料。

因为我手头有这本《沈从文的最后四十年》，所以没有再去注意后来的再版，要不是你说，我还真不知这本书更名为《沈从文的后半生》了。如果早一点注意到，或许我应该再考

虑一下我的书名，现在来不及了。

李扬兄的这本书，比我写的这本要清晰、明确，他用了大量的材料，对材料有很好的消化，做了相当准确的分类、归纳、条理化，读者阅读起来流畅，能抓住重点。我的书读起来有时候会感觉疙疙瘩瘩，一些一般读者未必会感兴趣的具体信息也不愿意舍弃，个人表达上也有意克制。

一九九二年在《收获》上读到《湘行书简》，
真是豁然开朗，一下子见到了沈从文的天地

《单读》：还记得您一九八五年最初阅读沈从文作品时的版本和其他情形吗？一九九二年又具体是怎么经由《湘行书简》"和这个作家建立起了一种关系"？

张新颖：从一九八一年开始，国内出版沈从文的文学旧作，到我上大学的时候，已经出了很多种选本。规模最大的，是花城和香港三联联合出版的十二卷《沈从文文集》，一九八二年出了前五卷，一九八四年出齐。这套文集对重新认识和研究沈从文起了非常大的作用。但是二〇〇二年全集出版之后，这套文集对研究者来说就不大好用了。八十年代出的沈从文的作品，字句上有不少改动。我在书里也提到过沈从文对

《文集》改动而发的牢骚。我那时候是碰到什么版本就读什么版本，没有讲究，也不明白。我整个大学时期断断续续读，没有特别的体会，换句话说，虽然读了很多，但没有读进去。现在想，一个原因是那时候心智上的兴奋点在先锋文学；另一个原因，可能是更根本的，就是还没有成熟到能读进去的程度。

《湘行书简》是后来才整理发表的，我一九九二年在《收获》上读到，真是震惊，豁然开朗的感觉，一下子见到了沈从文的天地。我后来反反复复讲他一九三四年一月十八日下午写下的那段文字，那段彻悟"真的历史是一条河"的文字，是因为从这里我感受到了沈从文对天地、对天地之间的普通人、对普通人所创造的历史的感受。真是奇妙，这么一段文字我琢磨了很多年，总是会给我一点启发。不是一下子全给的，是过了一段时间再去想，又想明白了一层。这段文字不但让我理解了沈从文的文学世界，也明白了沈从文后来为什么对杂文物那么用情。

《单读》：如果说一九九七年的长篇论文《论沈从文：从一九四九年起》孕育了"十六年磨一剑"的《沈从文的后半生》的"胚胎"，那您关于沈从文研究的一些最基础性的发现和结论，其实都贯穿于新世纪以来出版的著述如《二十世纪上半

期中国文学的现代意识》《沈从文精读》《沈从文与二十世纪中国》等之中;《春酒园蔬集》(山东友谊出版社,"当代博士生导师思辨集粹书系"第五辑,二○○七年)的乙编,题为"沈从文与二十世纪中国",应该与《沈从文精读》在内容上有交叉。

您在沈从文的阅读上"常读常新"是如何成为可能的?有了上述著述作为"骨架",《沈从文的后半生》在二○一二年秋的正式写作,是不是就变成了细节、心理揣摩等传记"血肉"的逐渐丰满?

张新颖:《春酒园蔬集》其实没有新内容,那本书就是按照出版社的要求从以前的著作里选辑片段构成。我自己相对喜欢《沈从文与二十世纪中国》,就是三篇论文,可能因为是近年写的。

"常读常新"有个基础,就是这个作家得足够丰富,不是所有的作家都能让人读出新东西来的;再一个,就是你不能受观念、理论、见解的束缚,不管是别人的,还是自己的,这样才能读出东西来。还有就是,不能封闭起来读、孤立起来读,我曾经写过这样的话:"这么长的时间,我没有一门心思只做沈从文研究,却始终是一个日常的沈从文的读者,一个每年有一个学期在课堂上讲沈从文的教师,一个在沈从文

的世界里低回流连、感触生发的人。倘若以为这个世界是个边界清晰的、孤立自限的、个人自足的世界，那就可能错了：深入其中，才会发现这个世界敞开着各个朝向的窗子，隐现着通达四方也通向自己的道路。有这样的感受和体会陪伴度过平常的日子和长期的生活，那是比做一个专门家更好的事情。"

《单读》：尊著几乎是按照年份逐年写来，其实如果有一个对应本传记的传主年表就更有助于阅读？

张新颖：这本传记如果附一个年表，或许对读者来说更方便，编辑也向我说起过这个意思。但我想来想去还是没有做，因为已经有很好的年表了：简明的，沈虎雏先生编的《沈从文年表简编》；详细的，吴世勇先生编的《沈从文年谱》，都很好。我特别说到这两个年表，是想借此机会表达感谢：在我写作过程中，这两个年表给我帮助很大，省了我不少力。

我写《沈从文的后半生》，就是自始至终不让自己自以为是

《单读》：余华在二〇一三年九月通宵读完这部书稿后，在回

复您的邮件中专门提到林斤澜对沈从文的崇敬——在"人物怎么写"的秘诀上,沈先生当年告诫他"要'贴'着人物写"。具体到《沈从文的后半生》,您又是怎么"贴"着沈先生来写的?

张新颖:"贴着人物写"这话传得很广了,很多人是从汪曾祺那里读到、听到的。"贴"看起来是个写作方法的问题,技术的问题,其实不是。为什么有些作家也想"贴",但"贴"不住呢?沈从文对他所写的那些普普通通的人物是"有情"的,他爱他们,所以才和他们没有距离,没有距离才是"贴"。如果对自己所写的人物自以为是,就有距离了,就没法"贴"了。

我写《沈从文的后半生》,就是自始至终不让自己自以为是,能不能完全做到还不敢说。就是我不能代替传主去想,去说,去做;我也不把传主所想、所说、所做,转换成我自以为是的表达方式。你注意到了我几乎是很笨拙地顺着年月来写的方式,那就是跟着一个生命实际发生的事情走;你也一定注意到了那么多的引文,其实去掉文中的那么多引号,把引文转换成第三者的语言,不是很难,读上去也会顺很多。我觉得不必用自以为是的方式显示传记作者的存在,显示"高明",因为你一觉得自己"高明",就"贴"不住了。

《单读》：夏志清先生虽然较早且较高地评价了沈从文的文学成就，但在一些细部，其《中国现代小说史》仍直言不讳地表示，"他（沈从文）开始写作时，全凭自己摸索，对西方的小说传统，可说全无认识。由一九二四年到一九二八年间，他为生活所迫，大量地生产小说，把自己丰富的想象力都滥用了"；在援引苏雪林当年对沈从文的中肯批评（如"用字造句，虽然力求短峭简练，描写却依然繁冗拖沓""他的文字不能像利剑一般刺进读者心灵"）后，夏先生在评述沈先生偏爱的苗族故事（《月下小景》《小白羊》《龙朱》）时还说："照理说，他既常往来于湖南、贵州和四川之间，他对苗人生活习俗的认识，应该是没问题的了。但这种认识是缺乏人类学研究根据的，不够深入，因此沈从文往往把这些土著美化了。举例来说，在描写苗族青年恋人的欢乐与死亡时，沈从文就让自己完全沉溺于一个理想的境界。结果是，写出来的东西与现实几乎毫无关系。我们即使从文字中也可看出他这种过于迷恋'牧歌境界'与对事实不负责任的态度。"

张新颖：苏雪林的批评是否中肯，恐怕还是个问题；对沈从文早期创作的"滥"、"高产"、脱离现实等等的指责，早在夏志清之前，一九二〇年代末一九三〇年代以来，一直就有。沈从文的早期创作确实不成熟，单独地一篇一篇去看，也常

常觉得不够好；但是，如果从一个作家创作的历程来看，这个早期的阶段却是不可缺少的。沈从文开始写作的时候，不知道怎么写，所以说是"摸索"是很对的，他大量地、多个方向去"摸索"，这样试一试，那样试一试，全力去试，慢慢得到一点经验。后来常常有人向沈从文请教写作的问题，他的回答很简单，也很难做到，他总是说，先试个十年。他把自己早期的作品叫作"习作"，与我们通常对这个词的理解有点差异，他的"习作"特别强调向各个方向、用各种方法去实验、去摸索。甚至到一九三六年，他出选集，还起名为《从文小说习作选》，你去看看这个《习作选》的篇目，里面其实都是很棒的作品了，包括一些流传到今天的经典。

《单读》：近三十年来，您在沈从文研究上用情甚深，又如何防止自己在沈从文的文学和人生选择上过度投射研究者本人的理想？您觉得他整体的写作上还有哪些局限？

张新颖：我倒从没有想过防止过度投射的问题，我喜欢选择我能够从他们那里获得很多教益的研究对象，也就是说，我喜欢从研究中有所得，是我从他们那里得到，不是我投射过去。我不怎么做只是"客观"的、我从中学不到东西的研究。研究对于我来说，从来都是学习的过程。至于研究对象的局

限，哪一个人没有局限呢？因为专注于别人的局限并不能使我自己有所扩大和提高，所以我不怎么注意研究局限。我不喜欢的不太可能成为我研究的对象。

有时候文本细读就是解放的力量

《单读》：不少本土文学批评家近些年来逐渐"改行"去关注"文化研究"，对文学文本本身的重视程度有所下降，您却一直非常重视文本细读（典型如《沈从文精读》），而且新书一大特色就是"追求尽可能直接引述他（沈从文）自己的文字，而不是改用我的话重新编排叙述"，这种研究和写作方法上的"保守"是基于哪些原因？

张新颖：做"文化研究"的学人里面有我非常尊重的学者，我也关心这方面的研究，对我也不断有启发；只是我自己的兴趣的中心还是文学。

　　文本细读既"保守"，又不"保守"，还是要看具体怎么个细读法。好的文本里面蕴藏了丰富的信息、巨大的能量，把这些信息和能量释放出来，会与成见、观念、方法、理论，形成真正的对话关系。有时候文本细读就是解放的力量。

《单读》：您在二〇一一年悼念章培恒先生及评价其《中国文学史新著》的《点滴》一文中，也说"有个性、有自己想法的文学史教学是复旦的一个传统"，这也是您重视文本细读的一个重要原因？对新诗的偏爱和您本人的诗人气质，也有助于这种文本细读以及对传主"在动荡年代里他个人漫长的内心生活"的精准理解？

张新颖：复旦中文系这些年一直在本科生中开设"原典精读"课程，比如读《庄子》《史记》《说文解字》等，一部经典就是一门课。我上的《沈从文精读》也是这个系列课程中的一门。我还开一门中国新诗的课，也是讲一个一个的具体作品，不是指点江山，是沉潜文字。我喜欢诗，但本人可没有诗人气质。

沈从文放弃南飞，这个选择在一九四八年底不算特殊

《单读》：您援引过的吉首大学沈从文研究所等单位二〇〇二年编的《永远的从文——沈从文百年诞辰国际学术论坛文集》为什么没有正式出版？

张新颖：那本文集没有正式出版，或许是经费原因，或者是

其他原因，具体情况不了解。

《单读》：如果说沈从文对一九四九年之后的政治形势及写作环境并不乐观，那为什么还写信劝说旅居香港的表侄黄永玉北上呢？您推测"他一面是说给黄永玉听，一面未尝不是在说服自己"，可是此前一年的年底，当解放军正包围北平城时，沈的旧识、时任南京政府青年部次长的陈雪屏"抢运学者赴台湾"的名单里本来有沈先生的名字的，他是怎么做出放弃全家南飞的决定的？

张新颖：对国民党政权的失望在那个时期是非常普遍的，沈从文放弃南飞，这个选择不算特殊，南京政府从北平抢运学人的计划基本上是失败的。一九四八年十二月，南京政府派了两架飞机去北平，但抢运名单上的大多数学者没有接受邀请。据说，傅斯年在南京机场迎接飞机，当看到只有少得可怜的几位乘客走出机舱时，他哭了。

沈从文不仅是同代作家中书信写得多的，而且是写得最好的

《单读》：在《向文学告别之后仍有文学》的旧文中，您说过

"完全可以把书信就当作书信，不必去攀附散文，从而进一步认识书信这种写作形式在当代中国的特殊文学史意义……对照二十世纪五十、六十、七十年代公开发表的散文和同一时期的沈从文书信，我们会强烈感受到一种堪称巨大的反差，感受到书信所表露的思想、情感的'私人性'与时代潮流之间的紧张关系"；新星出版社二○一二年年底出版《沈从文家书（1966—1976）》后，您接受《东方早报》专访时重复了上述意思。

既然三十二卷本《沈从文全集》中书信就有九卷——"每卷大概四十万字，总共有一千五百封左右，其中一九四九年以前写的只有一卷，一九四九年到一九八八年期间写的有八卷，也就是说，他在这个时间段写的书信至少在三百万字以上，从数量上讲接近他创作的文学作品的总量"，那国内文学界在沈从文后半生的研究中"轻视"如此卷帙浩繁的书信，主要是因为"文学（体）观念"上对小说尤其是长篇小说的过度崇拜吗？

张新颖：我们的文学观念早就有些板结了，一说文学就是小说、诗歌、散文，还有就是文学是"创作"，而且是有意识地"创作"，沈从文自己当初没有当作文学来写的那些书信要让现在的研究者看成是文学，确实有点困难，不知道放到哪里，

怎么放，怎么解释。

《单读》：即使在同代作家中，沈从文也是写信较多的吧？他
为什么如此倚重这种文体？

通读沈先生一九四九年后的三百万言书信，您有哪些重
大发现？它们对这部传记的写作有怎样的帮助？

张新颖：沈从文不仅是同代作家中书信写得多的，而且是写
得好的——如果我个人化一点，会说是写得最好的。他本来
就喜欢写信，一九四九年以后的长期孤独之中，写信成了最
重要的与人沟通的方式之一，越孤独，写得越多。我读这些
书信的成果就是我写的这本书，假如没有这些书信，这本书
是不可想象的。没有这些书信或许也可以写沈从文后半生的
传记，但写出来会是另外一个样子。

　　外在的压力当然是沈从文"改行"的大原因，
但他"改行"为什么不是去干别的行当，而是文物
研究？

《单读》：在《三个阶段，三种形象》的旧文中，您将沈从文
的一生分为文学家、思想者、实践者三个阶段和形象，第一

个阶段"基本上是到二十世纪三十年代中期，或者说《边城》这样的作品完成之后就差不多了；如果要一个明显的标志，可以以一九三六年《从文小说习作选》的出版划一条边缘模糊的界线"——抗战期间完成的《长河》并非包括在您这个划分中。

如果这一"三段论"成立，那么沈从文在一九四九年后假设能继续自由写作，他还能写出《边城》《长河》这样的高峰作品吗？

张新颖：三个阶段的划分只是为了方便、清晰，大致上可以这么说，仔细说起来会复杂一些。假设沈从文能继续自由写作，会产生什么样的作品，这个问题是回答不出的。历史没法假设，个人才能的发挥和实现更难假设。

《单读》：在自杀未遂之后，沈先生其实也曾尝试着跟上当时的政治形势，只不过《老同志》和另外的小说创作计划失败了？

张新颖：不是尝试跟上政治形势，而是尝试在政治形势许可的范围内，是否还能保持自己的用笔特色。他选择写"老同志"这样的一个人物，其实着眼点还是他以前文学的着眼点，

但要跟新的形势结合，他是失败了，也只能失败。

《单读》： 较之于聚焦沈从文前半生的那几部传记，尊著一大亮点当然是直面和书写更具挑战性的一九四九年之后的时代；另一大新颖之处，就在于突破了既往关于沈从文“改行”原因的“政治压力”说这一单向度论述模式，阐明了湘西少年岁月及短暂从军时期所积累的艺术兴趣、审美素养以及《史记》等所形塑的深刻历史感、“有情”观念的深远影响。

可是，您的“重新发现”似乎也面临着一种尴尬——在沈先生后半生作为重大人生价值寄托的杂文物研究上，即使他写出了《中国古代服饰研究》那样的厚重之作，即使提出了“文史研究必需结合实物”的重要方法论，但他在文物研究专业领域内的贡献仍然存在不小的争议（您作为正面例证的文物专家，只有孙机、王㐨、王亚蓉等几位）。您在新书中比较多地采用沈先生自己用过的“杂文物”和“物质文化史”的提法，是为了和传统的文物研究区隔开来吗？

如果说，沈先生“改行”去研究文物有那么多时局压力之外的必然性，那又怎么解释他一九七〇年曾试图通过写旧体诗完成“第三次新的试验”呢？

张新颖： 外在的压力当然是“改行”的最大原因，这一点必

须明确。在这个最大的原因之下，他"改行"，为什么不是去干别的行当，而是文物研究？我要讲清楚这个选择的来由。后来他又写旧体诗，那是连他"改行"之后从事的事业也不能进行下去的时候，其实是绝境了，在绝境中还想干点事，别的都干不了，所以才写旧体诗。这一改再改，其实是见出这个生命的强韧、这个生命的挣扎的。

如何评价沈从文的文物研究，我在这个专业领域之外，也很希望看到他们专业领域之内的更多更充分的讨论。我是门外汉，只能做门外谈，我写过一篇《"联接历史沟通人我"而长久活在历史中——门外谈沈从文的杂文物研究》。

《单读》：沈先生早年相熟的是胡适、徐志摩这些海归学者，但他为什么一直不补习英语？这个缺陷似乎又并不太妨碍他晚年三个半月美国之行中的各地观摩？

张新颖：沈从文一九二〇年代末确实曾经有过学习英文的打算，他甚至还向在美国的王际真探问是否可能到美国去用英文创作，但这不过是一闪而过的想法，实在太不现实，那时候他连给王际真寄信都得王际真写好信封从美国寄来。他晚年的美国之行，有亲人、学生陪伴，不会有语言上的问题。

《单读》：与昆明时期结识的那些西南联大老学生的重逢，对沈先生的美国之行也是极大安慰？

张新颖：他的美国之行，特别动人的就是走到哪里都会碰到过去的学生，会有学生大老远来看老师，这真是做一个好老师的安慰。

没有张兆和的话沈从文早就垮了；沈云麓在沈父一九三〇年病逝后还是老家的象征

《单读》：在一九九六年版《从文家书——从文兆和书信选》的编选后记中，张兆和说过："我不理解他，不完全理解他。后来逐渐有了些理解，但是，真正懂得他的为人，懂得他一生承受的重压，是在整理编选他遗稿的现在。"您如何看待张兆和之于晚年沈从文的作用？

张兆和"文革"前担任过《人民文学》编辑，她与当时政治形势的关系似乎没有沈从文先生那么紧张？这能起到一个缓冲的作用，反过来也为沈先生提供某种保护？

张新颖：张兆和在政治上不可能为沈从文提供保护，但这个家庭确实没有张兆和不行。张兆和性格坚强也好强，朴素，

单纯，习惯于吃苦耐劳，这对于一个处在风雨飘摇中的家庭来说，太重要了。张兆和对沈从文的作用，简单地说，没有张兆和的话沈从文早就垮了。张兆和晚年能写出那样的话，真是了不起，她勇于承认对沈从文不完全理解，这可不是谁都说得出的；而且正是因为后来理解了，才明白先前的不理解，所以她说的不理解、理解、懂得，都是很重、很切身的话，不是随便说说的。

《单读》：大哥沈云麓（1897—1970）"是沈从文心中最理解他的亲人，也是他一生中最重要的交流者""特别是在一九四九年之后的长期孤独中，大哥一直是他无话不谈的倾诉对象"，沈云麓和沈从文都出生于军人世家，其并不太浅的艺术素养与见解似乎主要得益于民国初年在故乡学校所接受的美术（包括木炭画像）训练？他与二弟的审美素养来源还不完全一样？

沈从文晚年直到一九八二年五月才回过一次故乡，因此，"大约在一九二七年（从东北）辗转回湘后就一直在家乡生活"的沈云麓，其实构成沈从文与故乡保持密切联系的一个精神组带？

张新颖：沈云麓这个人很奇特，黄永玉的散文里描述过。沈

从文的父亲一九三〇年就病逝了，沈云麓这个大哥就不仅仅是大哥，还是老家的象征，沈从文对老家、对故乡的感情就还有个去处。这个大哥太重要了，没有他的话，沈从文后半生漫长的孤独中会少掉重要的说话对象。对今天的研究者来说，沈云麓保存了沈从文的大量资料，现存最早的沈从文书信，就是一九二七年写给大哥的。如果没有沈云麓保存下来的东西，沈从文研究的完整性是会受损的。

《单读》：在刊发于一九八九年的《破碎的将军梦——记沈从文和弟弟沈荃》中，李辉先生感叹："沈家真正荣耀了，凤凰真正荣耀了，然而，不是靠将军梦的实现，而是那些小说，那些散文。会不会到这时人们才明白，这个世纪，沈家已经不再需要将军。"我觉得"这个世纪，沈家已经不再需要将军"的总结很发人深省。沈先生的次子沈虎雏也写过《沈从文的从武朋友》的文章。

一九二二年在算军统领官陈渠珍身边担任书记的半年时光，除了为沈从文提供"学历史的地方"——为其晚年"改行"埋下决定性的伏笔之外，其实也让此后的沈从文对军事保持着终生的敏感？

您书中有一个细节：一九六五年十一月中下旬，沈从文作为全国政协委员参观京郊焦户庄地道战遗迹时，同行者中

"蒋（介石）名下大小带兵官二十来位"，于是他很快估算出"大致管过一百五十万左右大兵"。

张新颖：倒不一定是对军事敏感，比这个重要的，是对军人的感情。沈从文不仅出身军人世家，他自己也是少年当兵。你看《边城》题记，一开始就说："对于农人与兵士，怀了不可言说的温爱，这点感情在我一切作品中，随处都可以看出。我从不隐讳这点感情。"

沈从文多次说过，文字不如绘画，绘画不如数学，数学不如音乐

《单读》：新书中，您也提到美籍华裔数学家钟开莱、陈省身和丘成桐、王浩等与沈先生或深或浅的交情，我甚至有据此写一篇《晚年沈从文与美籍华裔数学家的交谊》的冲动。钟开莱在一九七五年、一九七九年回国时数次探访沈先生，沈先生与张兆和一九八一年访美的旧金山之行中"生活得到数学家钟开莱一家的特别照顾"——甚至，钟开莱还改正过《从文自传》中"犯人筊掷决定生死"的存活概率的概率错误；沈先生在一九七五年冬的回信中，也专门向他透露"改行"的一些真实想法。

大数学家们何以与沈先生有这么多交集？钟开莱与对沈先生"以小学生姿态发问"的陈省身，他们心仪、亲近沈先生的具体动因还不完全一样，前者更多出于西南联大时的师生情谊？

我在网上查到一位留美的复旦附中才女沈诞琦的旧文《钟开莱教授逸传》，她提到钟先生是"有着晋人傲骨的、愤世嫉俗的绅士""一个离经叛道者"，这是不是也可以用来部分解释大数学家与大文学家的深交？

张新颖：沈从文对"抽象"之美有强烈的向往和热爱，用他的话说是"向虚空凝眸"，这个"抽象""虚空"，是排除了乱七八糟的现实的干扰的。表达这样的东西，他多次说过，文字不如绘画，绘画不如数学，数学不如音乐。在一般的意义上我们可以说他不懂音乐，可他是真正的爱乐者；我们也可以说他大概不懂数学，但这不妨碍他对数学的向往式感情。

另外一方面，你说的这几个大数学家，他们的人文修养也不是表面功夫。丘成桐是钟开莱介绍给沈从文的，他在这几个人里面年纪最轻，和沈从文的交往大概也最浅，他二〇〇五年在浙江省图书馆做了一个《数学和中国文学的比较》的演讲，说数学家以其对大自然感受的深刻、肤浅来决定研究的方向；人文知识也致力于描述心灵对大自然的感受，除

了通"古今之变",也"究天人之际"。你看看他谈自然与数学、与文学的关系,就大略能明白他为什么要拜见沈从文了。

沈从文的文学传统不能说多么强大,更谈不上显赫,但历经劫难而不死,还活在当下的文学身上

《单读》:"老来走红"(林斤澜语)的汪曾祺生前经常酒后以"沈从文的嫡传弟子"自居;我也注意到青年学者杨早在《读丰三题》中有一个说法,即"至今,我仍略带偏执地认为,丰子恺这篇《怀李叔同先生》,与萧红的《回忆鲁迅先生》,是中国现代散文中回忆恩师的双璧,笔端那别样的温情与崇仰,那真挚到近乎软弱的爱敬,一直要到汪曾祺追念沈从文的《星斗其文,赤子其人》出现,才有了第三篇"。

您同意杨早这个说法吗?

汪曾祺又在多大程度上继承了沈先生的文学衣钵?林斤澜呢?

张新颖:杨早说的三篇文章确实好,我也都非常喜欢。沈从文、汪曾祺这对师生之间的传承赓续,是二十世纪中国文学史上难得的佳话,其间脉络的显隐曲折、气象的同异通变,

意蕴深厚意味深长。但是，你说的这三个人还是不一样，简单说，沈从文野，汪曾祺文，林斤澜涩。

说到沈从文的文学传统在当代文学的回响，可说的其实挺多的。比如，最近黄永玉出了三大本《无愁河的浪荡汉子》，在我看来，这个作品一定程度上是沈从文"召唤"出来的；再往下几代作家的作品看，我曾经写文章讨论过余华的《活着》、贾平凹的《秦腔》、王安忆的《天香》与沈从文传统中不同部分的对话关系。

如果我们把眼光从文学略偏开一点，偏到与文学关系密切的电影，可以确证地说，侯孝贤受沈从文影响不可谓小，这一点他本人也多次谈起过；台湾的侯孝贤影响到大陆的贾樟柯，贾樟柯不仅受侯孝贤电影的影响，而且由侯孝贤的电影追到沈从文的文学，从中获得的教益不是枝枝节节，而事关艺术创作的基本性原则。这一条曲折的路径，描述出来，可谓山重水复、柳暗花明。

我要说的意思是，沈从文的文学传统不能说多么强大，更谈不上显赫，但历经劫难而不死，还活在今天，活在当下的文学身上，也就不能不感叹它生命力的顽强和持久。这个生命力，还不仅仅是说它自身的生命力，更是说它具有生育、滋养的能力，施之于别的生命。

沈从文的工作和生命是互相支撑着往前行，互相激发着往上走

《单读》：在评价沈从文早期小说《会明》时，夏志清提到了他"对道家淳朴生活的向往"，这种道家式生存智慧是不是也可以用来解释沈先生后来的"改行"，特别是他在爱徒汪曾祺和长子沈龙朱一九五七年都被打成"右派"后居然还能逃过这一劫。

在陈徒手《午门城下的沈从文》一文中，沈先生的昔日同事杨文和说"沈先生不发言，别人找不着他什么问题"，那么，"不发言"是不是就是政治运动中的道家式应对？

这种道家式应对策略的有效性是不是终归有限？没有人能完全自外于那样的政治环境？比如，当"反右"的剧烈程度上升到"文革"那种烈度时。

张新颖：我不太会用"道家"或"道家式生存智慧"来解释沈从文的选择。"反右"前的"大鸣大放"沈从文不说话，不写文章，有偶然的因素，也有根本的原因。根本的原因是沈从文不喜欢这种群众性的、响应号召式的"鸣放"，本能地抵触，他还根深蒂固地认为这种发言、表态，不解决实际问题，比如创作不会因此而好。其实这是他一贯的认识，比如

更早些时候大规模批《武训传》，他就说，把武训批得再臭再厉害，还是不能对当前的创作有用。也碰巧，找他"鸣放"的几次，都让他不怎么愉快。一次是北大学生拿来的介绍信，让他恼火；还有一次是萧乾请他给《文艺报》写文章，他和萧乾的隔阂那个时候已经有了，自然也不会写。到"文革"那个极端时期，不管是想说话还是不想说话的，都没有说话的机会，他当然更不能说话，要说，也是受逼迫检讨、交待。

其实从一九五〇年以后，他满脑子就是花花朵朵、坛坛罐罐，杂文物的"杂货铺"，老是着急做这些事，发牢骚也是为做这些事遇到各种各样的阻碍和困难。他就是一个要做事的人。

《单读》：沈先生"文革"初期曾告诉其同事史树青："台湾骂我是反动文人、无聊文人、附和共产党，共产党说我是反共老手，我是有家难归，我往哪去呢？我怎么活呢？"余华也假设过："沈从文这样一个独立又懦弱的文人，即使当年去了蒋委员长的台湾，也不会有好果子吃。"

这种"左右为难"，也反过来证明了沈从文在同代知识分子中的独特性？

张新颖：这个其实不算独特。国民党到台湾后，凡是留在大陆的作家的书都是禁书；另一方面，这些作家在"文革"中也大都遭受磨难。沈从文的独特性，是在不太可能创造安身立命事业的时代和境遇中，挣扎着要创造安身立命的事业。

《单读》：张充和女史为沈先生墓碑背面所撰碑文中有一句"星斗其文，赤子其人"；您也写道，一九七五年，沈先生在王亚蓉协助下推进《中国古代服饰研究》的研究工作时，"他在体力和精神上，有了一种非同一般的体验——'返老还童'的'奇迹'"；一九七六年为避"唐山大地震"而南下的上海之行中，"诗人辛笛陪他在福州路旧书店买了不少书，还称赞他'鹤发童颜'"……

沈先生在一九七七年致汪曾祺的信中，自述"今年已七十进五了，做人倒似乎越来越天真，还不如许多二十来岁的人懂'政治世故'"；在一九七九年致《中国现代作家传略》编辑组的未发出的信中，自称"我却总是像个半白痴，满脑子童心幻念"。

巴金故居的"点滴文丛"中也印过您儿童视角的《小土孩大话记》，您应该更能体会沈先生"赤子"的一面以及其晚年的"返老还童"？

张新颖：一九七五年以后的一段时间，沈从文在体力和精神上，有特别充沛的体验，常常一天只睡两三个小时，不感到疲倦，心情也很轻快。他找了些书来看，分析自己这种"奇迹"是怎么回事。他的分析让我们看上去也许会觉得是天方夜谭，但很可能有道理，他是很认真的。他说人这种东西，千万年发展下来，把聪明才智多用在对付人的得失竞争上，纷争不已，顾此失彼，把原始人的嗅觉、视觉、听觉，甚至于综合分析能力，都压抑下去了。可以设法恢复已失去的能力，人有极大的潜力可以发掘。他从人类的进化/退化来反思，从个人的退出——从人事纷争的发展习惯上退出——来实践，以"忘我"来恢复"潜伏能力"，听起来似乎无比迂阔，事实上在他个人却是生命更上一层的亲证和体验。

这个很有意思，从人类的发展来反思，已经超越了我们通常所说的指向某个个人的"赤子之心"。过去他还把"忘我"的工作当作"麻醉"痛苦、抵抗烦恼的方式，现在，"忘我"激活了生命内在的能量，他在自觉的意义上体会到了生命深层的愉悦。倘若我们不能理解沈从文这种无法从社会人事层面来言说的愉悦的生命体会，就只能把他"忘我"的工作看成是完全消耗性的、受虐式的持续行为；其实，工作和生命是互相支撑着往前行，互相激发着往上走。

一味地跟着时代跑，总不是那么回事

《单读》：在为《收获》二〇一四年长篇专号春夏卷的《沈从文的后半生》而写的自述中，您谈到："我希望能够思考一个人和他身处的时代、社会可能构成什么样的关系。现代以来的中国，也许是时代和社会的力量太强大了，个人与它相比简直太不相称，悬殊之别，要构成有意义的关系，确实困难重重。这样一种长久的困难压抑了建立关系的自觉意识，进而把这个问题掩盖了起来——如果还没有取消的话。不过总会有那么一些个人，以他们的生活和生命，坚持提醒我们这个问题的存在。"

而且，《沈从文与二十世纪中国》中，您也有过这样的论述，即"发生什么样的关系不仅对个体生命更有价值，而且对社会、时代更有意义，却也不只是社会、时代单方面所能决定的，虽然在二十世纪中国，这个方面的力量过于强大，个人的力量过于弱小。不过，弱小的力量也是力量，而且隔了一段距离去看，你可能会发现，力量之间的对比关系发生了变化，强大的潮流在力量耗尽之后消退了，而弱小的个人从历史中站立起来，走到今天和将来"。

其实，您的核心关怀在一九九七年那篇《论沈从文：从一九四九年起》中就已经有初具雏形的表述了，"沈从文恰恰

找到了一个角落的位置，而且并不是在这个角落里苟延残喘，却是安身立命。这个角落与时代的关系，多少就像黄浦江上小船里捞虾子的人和外白渡桥上喧闹的'五一'节游行队伍之间的关系。处于时代洪流之外的人也并非绝无仅有，可是其中多数是逃避了时代洪流，自己也无所作为的。沈从文却是要在滔滔的洪流之外做实事的人。"

那么，与您所置身的中国现代文学研究界以及当代文学批评界，甚至与更广阔的当下社会，您倾向于建立一种什么样的恰当关系？

张新颖：每个人与时代的关系不一样，应该有各种各样的关系。对于知识者来说，多少应该具有自觉的意识、反省的意识，得知道自己是谁、能做什么，做了有什么意义。丧失了自己，一味地跟着时代跑，总不是那么回事。我自己能做的事有限，就用心、尽力把有限的事做好，做个好的老师、好的研究者。

本书各文出处

一、《沈从文与二十世纪中国——从"关系"中理解"我"、文学、思想和文化实践》

此文为 2012 年 9 月 24 日在杭州师范大学"批评家讲坛"的演讲稿，载《当代作家评论》2012 年第 6 期，《文景》2012 年第 12 期。获 2012 年度《当代作家评论》优秀论文奖。

二、《沈从文与五四：阶段与变化》

载《五四@100：文化，思想，历史》，王德威、宋明炜编，联经出版，2019 年；《杭州师范大学学报》2019 年第 1 期。

三、《死亡的诱惑，求生的挣扎——沈从文作为"绝笔"的〈一点记录——给几个熟人〉》

载《新文学史料》2014 年第 4 期。

四、《"联接历史沟通人我"而长久活在历史中——门外谈沈从文的杂文物研究》

载《中国现代文学研究丛刊》2012 年第 6 期。获 2012 年度《中国现代文学研究丛刊》优秀论文奖。

五、《沈从文的后半生：这是什么样的故事》

此文为 2014 年 9 月 13 日在上海思南读书会·文学之家的演讲，载《上海文化》2015 年第 1 期。

六、《中国当代文学中沈从文传统的回响——〈活着〉、〈秦腔〉、〈天香〉和这个传统的不同部分的对话》

载《南方文坛》2011 年第 6 期。获 2011 年度《南方文坛》优秀论文奖。2014 年获第六届鲁迅文学奖理论评论奖。

七、《"剪辑"成诗：沈从文的这些时刻》

四首诗分载《文汇报·笔会》：《豆彩碗》，2011 年 7 月 16 日；《绿百合》，2011 年 9 月 17 日；《翠翠，在杜鹃声中想起我》，2011 年 10 月 12 日；《迁移》，2011 年 12 月 17 日。整组诗载《文艺争鸣》2011 年第 10 期。

八、《追忆沈虎雏先生》

载《收获》2021 年第 3 期。

九、《"一个日常的沈从文的读者"——张新颖访谈》（燕舞）

此访谈主要部分载《东方早报·上海书评》2014 年 7 月 6 日，题为《张新颖谈沈从文的后半生》；全文载《单读》第 9 辑，2015 年 3 月，题为《沈从文的后半生——张新颖访谈》。

图书在版编目（CIP）数据

沈从文与二十世纪中国/ 张新颖著. -- 上海：上海文艺出版社, 2024
ISBN 978-7-5321-8795-9

Ⅰ.①沈… Ⅱ.①张… Ⅲ.①沈从文（1902-1988）－文学研究

Ⅳ.①I206.6

中国国家版本馆CIP数据核字(2023)第177735号

发 行 人：毕　胜
策 划 人：李伟长
责任编辑：胡曦露
装帧设计：千巨万工作室 · 任凌云

书　　名：沈从文与二十世纪中国
作　　者：张新颖
出　　版：上海世纪出版集团　　上海文艺出版社
地　　址：上海市闵行区号景路159弄A座2楼 201101
发　　行：上海文艺出版社发行中心
　　　　　上海市闵行区号景路159弄A座2楼206室　201101 www.ewen.co
印　　刷：上海盛通时代印刷有限公司
开　　本：787×1092 1/32
印　　张：7.25
插　　页：4
字　　数：124,000
印　　次：2024年1月第1版 2024年1月第1次印刷
I S B N：978-7-5321-8795-9/I.6936
定　　价：69.00元
告 读 者：如发现本书有质量问题请与印刷厂质量科联系　T:021-37910000

U0165026